レジェンド
ノベルス

俺たち青春浪費中、
法少女と世界を救う

レジェンドノベルス
エクステンド
LEGEND NOVELS
EXTEND

俺たち青春浪費中、魔法少女と世界を救う

とかく、大学とはきらびやかな場所であった。

学問の道を志したはずの新入生も、サークル勧誘の毒牙に潰《つい》えて幾星霜。いまや我が同胞は、酒に遊びにの日々に耽溺《たんでき》し、未来を削る自覚もなく快楽を貪る餓鬼と化した。

本来ならば未成年のアルコール摂取は許されない。されど大学生とは獣である。獣に道理は通じぬ。彼らはただ欲望のままに酒を喰《く》らう。肉を喰らう。そして性をも喰らうのだ。

なんと惨憺《さんたん》たる光景か。かような輩《やから》どもが未来の国府を担うというのか。

そんな狂気渦巻く最高学府に危機感を覚え、集まった男たちがいた。

「諸君。聞いてほしい」

東館二階の空き教室、E－二〇四号室。学徒の授業料を吸い上げて、いたずらに繰り返された増改築が生み出した万年空き教室に、我らは集まっていた。

総勢十八名を誇る、雨城《あまぎ》大学の最精鋭。

名を、灰色の男たちという。

何もさる名作児童文学がごとく、人々から時間を奪っているわけではない。むしろ俺たちは時間を持て余している。灰色とはそのもの、バラ色のキャンパスライフに対極を取る色彩だ。

つまるところ、きらびやかな大学生活に乗りそびれた連中であった。

「目を閉じてくれ。そうだ、目を閉じるんだ。警戒するな、目を閉じている間に金を奪ったりはしない。タバコもだ。だから安心しろ。いいから目を閉じろって言ってんだろ。……ああもう、分かった、俺が悪かった。目は開けたままでいいから聞いてくれ」

誰ひとりとして目を閉じようとしなかったので、渋々俺が折れた。

この協力しようという気概の一切ない連中である。何故《なぜ》俺がかような奴《やつ》らの先頭に立っているのだろうか。それは誰も先頭に立つ気がなかったからだ。気概もなければやる気もない。不甲斐《ふがい》ない連中であった。

「灰色にくすぶる男たちよ。諸君らは深海魚である。海の底に沈み込んだ日々を持ち上げようともせず、海底に散らばる餌を拾い集めるみすぼらしい深海魚である。麻雀《マージャン》と酒に日々を費やし、何一つ生産性のない日々に埋没する深海の死骸漁り《スカベンジャー》である」

ブーイングが上がる。やる気のない連中も、こき下ろされれば反応の一つもするらしい。

その反応に俺は満足した。なけなしながらも、彼らはまだプライドを捨てていない。結構なことだ。

「されど安心されたし。夢と希望を失って久しい諸君らに、この俺が夢と希望を与えよう。夢と希望だ。英語にしてドリーム・アンド……。なんだったか？」

「ホープ」

「そう、ホープ。ドリームとホープ。なんか英語にすると安っぽいな……。ええい、夢と希望だ。夢と希望をくれてやる！」

わっ、と歓声が上がる。なにせ夢と希望だ。誰だって欲しいだろう。彼らは基本的に何も考えていないので、何かをやると言えばとりあえず喜ぶ。つい先日、「キャベツ太郎」を二袋与えたら狂喜乱舞の宴《うたげ》が始まったことは記憶に新しい。

「これは一種の宣誓だ。そして同時に、我らの未来を大きく左右する決断でもある。この棗《なつめ》裕《ゆう》太《た》に賛同するものよ、その拳を高く掲げることを望む。良《い》いか、よく聞け」

　いいからはやくしろー、と野次が上がる。男たちのボルテージは最高潮に達していた。高々と雄《お》叫《たけ》びをあげ、オリンピックのテーマソングを歌い出した。無駄にビブラートを効かせた野太い歌声が耳孔《じこう》を汚したが、誰も気にしなかった。

　それに気を良くし、俺は口元をにやりと歪《ゆが》ませた。

「諸君。――共に、プニキュアにならないか」

　その一瞬。

　教室からは物音一つ消《き》え失《う》せ、男たちの表情は抜け落ちた。

　空白に染み入るように浮かぶ表情の色は、失望。諦観。何言ってんだこいつ的なアレ。とたん教室を埋め尽くす灰色の感情に、俺は慌てて言葉を継いだ。

「待てよ、お前らだってプニキュアになりたいだろ⁉　この前そう言ってたじゃないか！　だがどれほど希《こいねが》おうと、俺たちはプニキュアにはなれなかった！　それは何故か！　踏み出さなかったからだ！　ならばこの俺が諸君らに立ちはだかる壁を打ち破ろう！　さあ、プニキュアを始めるぞ！　灰色の男たちよ、深海の日々はもう終わりだ！　共にプニキュアとなり、世界を救おうではないか！」

一人、また一人と、教室を後にする。バイトがあるから、ゲームしたいから、と理由を置いてそそくさと。

彼らの中では今日の集会はお開きになったようだ。いつもこうだった。俺が何かをしようと持ちかけては、結局何もせずに解散する。ゆえに彼らは灰色の男たちであり、同じく何もできない俺もまた灰色の男なのだ。

無力感に打ちひしがれながら帰り支度を進める。もうあんな奴らのことなど知るか。このササクレた感情は、チキンラーメンに卵を二つ落とすまで決して収まらない。ネギもだ。今日のラーメンにはネギをたんまりと乗っけてやるのだ。

「なあ、ナツメ」

呼びかけられる。誰もいなくなったと思っていたが、まだ一人残っていたようだ。

鋭い眼光を放つ灰色の男。その名を、灰原雅人《はいばらまさと》という。

「あいつらのことは放《ほ》っとけよ。奴らの灰色は上辺だけだ。無聊《ぶりょう》を慰めに集いこそするが、戦力になる気など露ほどもねえ。いつだって世界を変えるのは俺とお前だった。そうだろ？」

そうだろ？　と言われても正直困った。灰原とは大学入学以来の付き合いだが、特にこいつと世界を変えた覚えはない。

灰原雅人という男は、外見だけならば極めてパリピであった。派手なアロハシャツと膝下まであるハーフパンツ。トドメにクロックスだ。やる気の無さを絶妙に偽装した装いであったが、無造作に見えてきっちりセットされた金髪が添えられると話は変わる。野良猫のように粗雑な雰囲気と、真摯と好奇の二色を宿した瞳。そこから繰り出される寸鉄は、女子からの人気をそこそこに博していた。

　バラ色のキャンパスライフを征くには十分すぎる素質を持っていたが、彼は灰色の男となることを選んだ。曰《いわ》く、こっちのほうが楽しそうだから。上辺だけの灰色というなら、こいつの灰色はまさしくそれだった。

「なあ、ナツメ。聞かせてくれよ。どうしてプニキュアなんだ」

「おいおい、言わせるつもりか？　むしろどうしてプニキュアじゃないんだ？」

「念《ねん》の為《ため》だ。俺たちが目的を同じにする士《さむらい》ならば、協力するのもやぶさかではない」

　灰原は挑発的な目で俺を見る。何故だか彼は十年来の戦友のような雰囲気を醸し出していた。いつものことだ。学内において、ノリと勢いはしばしば交友期間を凌駕《りょうが》する。

　ふう、と俺は息を吐いた。

「明日提出の課題を忘れられるなら何でも良かった」

「分かる」

　がっしりと握手が交わされる。そういえばこいつも俺と同じ講義を取っていたか。同じ腐れ大学生同士、考えることは同じである。

「とは言え正気の沙汰じゃねえな。いい年した野郎がプニキュアなんて、筆舌に尽くしがたいアホだ。何故ならお前はプニプニでもキュアキュアでもないし、プニプニでもキュアキュアでもないからだ」

「二度言うか」

「プニプニでもキュアでもないからだ」

三度目は閉口した。分かっているさ。俺がプリティでもキュアキュアでもないことは。されど、やらねばならぬのだ。

棗裕太、二十歳。雨城大学の二回生。ジーパンとパーカーを無二の友とし、適当に寝癖を跳ねただけの黒髪を持つ。典型的なやる気のない大学生、それが俺だ。

「安心しろ、止めやしねえよ。遠目に笑うなんて小狡《こずる》い真似《まね》もナシだ。ナツメ。お前がやると言うならば、俺も一緒に踊ってやる」

「灰原……。お前、課題あと何ページ残ってるんだ」

「全部」

「行こう」

「行こうか」

そういうことになった。

*

そんなわけで。

明日の課題から逃げ出した俺たちは、プニキュアとなって世界を救うことにしたのだ。

「なあ、ナツメ。お前なんで衣装持ってんだよ」

「姉のお下がり」

「姉のお下がり!?」

何を隠そう、俺がまとっているのは一シーズン前に放映されていたプニキュア衣装だ。ピンクだから多分主人公。実を言うと最近のプニキュアはよく知らない。

ひらひらのリボンを風になびかせ、威風堂々と街を征く。時折すれ違う人からは、「うわなんだこいつ」的な生暖かい視線を向けられていた。

「うちの姉貴がコスプレ趣味なんだよ。で、この前、もう着ないからと押し付けてきた」

「その姉にしてこの弟ありか」

「褒めるな褒めるな」

「謙遜すんなよ。お前がナンバーワンだ」

褒められた。わーい。

なお、さすがに灰原の分の衣装はない。なのでこいつは、ドンキで買ってきた着ぐるみを着ていた。ポケットに手を突っ込み、路上喫煙を颯爽《さっそう》とキメながら街を練り歩く着ぐるみ男。うむうむ、これぞ大学生である。

「すまんなー、ナツメ。俺もできればプニキュアになりたかったが、マスコットが限界だったわ」

「その格好でマスコットと言い張るか」

「ナツメ！　危機が迫ってるポヨ！　早くしないと大変なことになるポヨ！」

灰原は想像を絶するアレな声を出した。あまりの想像を絶するアレさに、俺は不覚にも正気に戻った。

　少しバツが悪そうに、灰原は言う。

「……悪い、忘れてくれ」

「いや……。俺も拾えなかった。許せ」

「ダメだな……。俺たち、こんな調子で世界救えんのかな」

「無理かもしれんな……」

　無性に敗北感を覚え、肩を落としながら街を歩く。吹きこんだからっ風がスカートの内側に潜り込み、むき出しの太ももをぞろりと撫《な》でた。

　そうは言っても馬鹿である。三歩も歩けば気を取り直し、六歩を進む頃にはウキウキでスキップを刻む有様《ありさま》だ。通り魔的探究心を持って街行く人に絡んだり絡まれたりしながら、俺たちは日が暮れるまで浮かれ騒いだ。

「ナツメー。俺、まぜそば食いたい」

「この服で汁物は勇気溢《あふ》れすぎだろ」

「だって俺たちプニキュアだし」

「違いねえや」

　俺と灰原はキャッキャと笑う。手元には、学友に押し付けられたストロングゼロの空き缶なんかも持っていた。下手人どもは飲酒するプニキュアの姿が見たかったらしい。まあようするに、俺たちはできあがっていたわけだ。

だからソレが起きたときも、アルコールに浸った俺の脳は、正常な感情を呼び起こさなかった。

ドン、と大きな音が響く。へらへらと締まりのない笑みを浮かべながら、俺たちは振り返った。

そして、ソレを見た。

「あ？　なんだあれ」

「いや……。なんだ？　あれ、なんだ？」

衝撃、轟音《ごうおん》。ベキバキと何かが倒壊する音。それから、小さな悲鳴。

突如あたりに立ち込めた霧の向こうで、二つの影が戦っているのがぼんやりと見える。

気がつけば、見慣れたはずの街並みには人気がなく、遠くで何かが戦う音だけが聞こえる。静寂に包まれた街中に響き渡る暴力の音は、非日常を強く意識させた。

異空間。そんなあやふやな言葉が、とたんに現実味を伴って匂い立つ。異様な光景であった。

「灰原、悪い。俺ちょっと飲みすぎたみたいだ」

「奇遇だな、俺もそうなんだ」

「ひょっとして俺たちの物語始まった？」

「世界を救う大冒険始めちまうかー」

このときはまだ、そんな軽口を交わす余裕もあった。どうせこれもアルコールが見せた幻覚だろう、と。

だが、霧の奥で戦っていた小さな影が俺たちのほうに吹き飛ばされてきたとき、そんな余裕も吹き飛んだ。

小さな影は空中でくるりと回転し、俺たちに背を向けて着地した。

それは純白の少女だった。背丈は中学生くらい。銀糸のショートボブに燐光《りんこう》をまとい、白を基調としたひらひらのドレスに身を包む。全身は傷だらけだ。吐く息も荒い。抜けるように白い肌が、激しい運動のせいでほのかに紅潮していた。

魔法少女だ。俺と灰原は、どちらともなく呟《つぶや》いた。

「生き残りですか!?　もしまだ戦えるようでしたら、申し訳ありませんが救援を――」

傷だらけの魔法少女は、純白の剣を片手に勢いよく振り返る。

そして、俺と灰原。仮装したプニキュアと、路上喫煙着ぐるみ男。俺たちの姿をたっぷり二周は見回して。

「変態だー!?」

聞く人が聞けば通報しそうな悲鳴をあげたのであった。

*

正直、俺たちには状況がいまいち分かっていなかった。

どうするよこれ、と灰原と顔を見合わせる。灰原も困った顔をしていた。だが、このとき誰よりも困っていたのは、当の魔法少女本人であった。

「ちょっとスピ!　どういうこと!?　なんでへんた……特殊な趣味嗜好《しこう》を有する成人男性が結界に入ってるの!?」

『ホワイト、今の言葉よく噛《か》まずに言えたね。ちょっともう一回言ってよ』

「特殊な趣味嗜好を有する成人男性！　が！　なんで入ってきてるのかって聞いてるの！」

ホワイトと呼ばれた魔法少女の頭上に、どこからか現れた小さなぬいぐるみが飛び乗った。真っ白でふわふわな馬のぬいぐるみだ。いや、額に小さな角がある。馬ではなくユニコーンか。

ともかくそのぬいぐるみは、俺の認識が正しければ人語を解し、スピと呼ばれていた。李徴《りちょう》ではない。

『質問に答えようか。確かに魔法で形成されたこの結界は一般人の立ち入りを拒絶する。でもね、僕たちが使う魔法ってやつはそんなにシステマチックじゃないんだ』

「理論はいいから、結論！」

『なんか魔法少女っぽいから、入れちゃった』

「ばかー！」

魔法少女は頭上のぬいぐるみをべりっと引き剝がして放り投げる。ふんわりした軌道を描いたぬいぐるみは、空中でくるんと回転してから俺の手にすっぽりと収まった。

ぬいぐるみは手足をじたばたさせながら、不思議な声で『あーうー』と鳴いた。声帯を介していない、頭に直接響くような不思議な声だった。

「あの……。巻き込んでしまってごめんなさい」

お、おう。謝られてしまったが、何がなんだか分かっていない。だが。魔法少女は事細かな説明も抜きに、口早に続けた。

「そのまま引き返せばここからは出られます。それと、不躾《ぶしつけ》なお願いですが、その子を安全な場所まで連れて行ってほしいです」

「あ、ああ」

「ありがとうございます。では、お元気で」

最後にぺこりと一礼し、魔法少女は飛び上がった。

軽やかに宙を踏み、空を舞いながら霧の向こうへと消えていく。その姿を見送った後、俺と灰原はもう一度顔を見合わせた。

「なあ、灰原。どうする？」

「状況はよく分からんが……。どうしたもんかね」

引き返せと言われたが、大人しくそうするには抵抗があった。

理由はいくつかある。それはとりあえず突っ込んどけ的な大学生マインドであったり、俺たちから正常な判断を奪っているアルコールであったりしたが、中でも最たるものは。

「あの子、助けを求めてたよな」

「……だよなあ」

ふう、と俺は息を吐く。灰原は紫煙を吐いて、タバコを握りつぶした。

「困ってる人は？」

「見ないふり」

「助けを求められたら？」

「誰かがやるっしょ」

「いつからそんな人間になったんだっけか」

「さあな。これからのことなんて知らねえよ」

俺が聞いて、灰原が答える。それから互いの手の甲をガツンとぶつけた。オーケー。結論とするには十分だ。

『君たち、行くのかい？』

小脇に抱えたぬいぐるみが、無機質な目で俺たちを見上げた。

『行ったら死ぬよ。比喩じゃない。本当に死ぬ。ここから先にあるのは、君たちの日常からは遠く離れた戦いの世界だ。君たちが行ったところで、何もできずにただ殺されるだけだ』

「おいおい、舐《な》めたこと言ってくれんじゃないかぬいぐるみ。俺たちを誰だと思ってるんだ」

『特殊な趣味嗜好を有する成人男性』

「でもあるが、それ以前に俺たちは大学生だ」

俺も灰原も迷わなかった。深い霧の中に踏み出した一歩は、余裕と自信に満《み》ち溢《あふ》れていた。

「知ってるか。大学生とは獣だ。酒を喰らい、肉を喰らい、性をも喰らう獣なのだ」

『……？』

「大学生に道理は通じない。俺たちは、世界で最もタチの悪い衝動でできている。だろ、灰原」

「ああ、そうともさ。今の俺たちを止められるのは、実家に置いてきたかーちゃんの涙だけだ」

ノリと、勢い。それだけあれば十分だ。

大きく息を吸って、存在を主張するように。俺たちは高らかに叫んだ。

「俺たちのー！　ちょっといいとこ見てみたいー！」

「はい飲ーんで飲んで飲んで！　飲ーんで飲んで飲んで！　飲ーんで飲んで飲んで！」

「飲んで‼」

「うぇーい‼」

教えてやるよ、ぬいぐるみ。よく覚えとけ。

酔っぱらった大学生は、無敵なのだ。

*

霧の向こうで、二つの影がせめぎあう。

いや、せめぎあうというのは少し違う。戦局は一方的であった。少しでも距離を取ろうと逃げる影を、もう一つの影が追い立てる。

更に近づけば霧は晴れ、状況が見えてきた。防戦に回っているのは魔法少女のほうだ。猛攻を仕掛けているのは、肌に鱗《うろこ》をまとった男だった。

男の得物は拳だ。より正しくは、ゴツゴツと節くれだった巨大な鉤爪《かぎづめ》だ。背には翼龍のような翼が羽ばたき、腰の後ろでワニのように鋭い尾が盛んに揺れ動いていた。

「あれは？　人間なのか？」

『龍人種《ドラゴニア》。戦いを生業とする誇り高き種族だよ』

なるほどドラゴニアね。ふーん。ファンタジーじゃん。

何か他に思うこともあった気がしたが、アルコールに浸った俺の脳は爆速の理解力を発揮した。

隣の灰原も「初めてみたなー」くらいのリアクションだった。きっとそういうものなんだろう。

呑気《のんき》に眺める俺たちの目の前で、ドラゴニアと魔法少女は一層激しく打ちあっていた。

「ハッハア！　どうしたメスガキィ！　今日はまた一段と動きが悪いなァ！」

「……っ！　いい加減、あなたもしつこいですよ……っ！」

「良い女には目がねえンだ！　今日こそこの空に散ってもらうぜ、最後の魔法少女ちゃんよォ！」

空を舞う魔法少女の軌道がふらつく。ドラゴニアの男はその一瞬を逃さなかった。至近距離から振るわれた鉤爪が魔法少女の体を裂く。直撃だ。

飛行能力を喪失し、彼女は俺たちの目の前に落下する。今度は着地はしなかった。背中から、強《したた》かに地面に打ち付けられた。

「くっ……。痛《っ》うっ……！」

痛みを堪えて、彼女は体を丸める。全身傷だらけだ。見るに痛ましい姿であった。

「おい、あんた。大丈夫か」

「あなたたち……。どうして来たんですか⁉　早く逃げ——痛っ」

「無理すんな。灰原、手を貸せ」

「ほい来た」

灰原と共に魔法少女の体を支える。この場所は危険だ。一度彼女を連れてどこかに身を隠すべきだろう。

『こっち。ついてきて』

ぬいぐるみがぴょんと跳ねる。その後を追って、俺たちは路地裏に身を隠した。

周りの安全を十分に確認してから、エアコンの室外機に彼女を座らせる。綺麗《きれい》ではないが、座れるだけマシだろう。

「何がなんだか分からんが……。随分本格的な魔法少女ごっこだな」

「最近のおもちゃってすげえんだな。本物にしか見えねえや」

「ごっこ遊びじゃないですよ……！」

分かってるよ。遊びにしては度が過ぎる。彼女の体に刻まれた傷は、間違いなく本物だ。

せめて手当てでもとハンカチを差し出すと、彼女はそれを拒んだ。指先に白い光を灯《とも》し、傷口に当ててさっと撫でる。たったそれだけで、傷は魔法のように消えていった。

「私のことはいいので、早く逃げてください。あれに顔を覚えられたら本当に手遅れになります。そうなる前に、早く」

真摯な言葉だ。彼女は正しいことを言っている。だからこそ、心に響いた。

「逃げろ？　バカ言っちゃいけねえな。仲間を置いて逃げるわけないだろ」

「……へ？」

ほんの一瞬、魔法少女はフリーズする。そんな彼女に俺は優しく微笑《ほほえ》んだ。

「そうだろ、灰原。俺たちはいつだって支えあってきたじゃないか」

「え、あの。私たち初対面ですよね？」

「本当に色々あったよな。でも、どんな困難だってこの四人で乗り越えてきたんだっけか」

「私はあなた方のことを寡聞にして存じないのですが」

『ホワイト、僕を信じてほしい。たとえ何があろうとも、僕たちは絶対にホワイトの側にいるから』

「スピも⁉　スピもそっち側なの⁉」

　困惑する魔法少女を置いて、俺と灰原とぬいぐるみはアイコンタクトを交わした。特に意味はないが、俺たちは無駄に通じあっていた。このメンツなら実に美味《うま》い酒が飲めそうだ。

『あのね、ホワイト。僕は怒ってるんだよ』

　ぬいぐるみはひょいんと飛び上がり、魔法少女の膝に乗る。彼女の顔を見上げる瞳は相変わらずの無機質であったが、声音は心配そうな色をしていた。

『僕を置いていったってことはさ。君、ここで死ぬつもりだったろ』

「…………だって」

『だってはナシだ。最後まで諦めないって約束したよね』

「私は、スピに生きてほしいんだよ。私はもう無理かもしれないけれど、スピさえいれば、世界の希望は繋《つな》がるから」

『世界なんてどうでもいい。僕はホワイトの話をしている』

　魔法少女とぬいぐるみは何か込みいった話をしていた。俺と灰原は、それを「さもありなん」という顔で聞いていた。ぶっちゃけ話の内容はよく分からないが、こういうのはとりあえず雰囲気に合わせておくのだ。

しかし。空から降り注ぐ怒声が、彼女たちの話をさえぎった。

「どこ行きやがったァ！　出てこいよメスガキィ！　今日こそぶち殺してやるからよォ！」

ドラゴニアの男が猛《たけ》り狂《くる》う。日常では縁のない全力の殺気が、ビリビリと空気を揺らした。

魔法少女は空を見上げて、それから俺たちを見た。覚悟を決めた顔をしていた。

「これが最後の警告です。今すぐ、ここから逃げてください。あれの狙いは私です。あなたたちだけなら、まだ逃げられる」

真剣で、意思が灯った、良い言葉だ。だがそれは俺たち好みの言葉じゃない。

少し考えてから俺は灰原を横目で見た。灰原は次のタバコに火をつけていた。

「なあ、灰原。どうするよ」

「いやー、どうすっかな。これはちょっとばかし骨が折れそうだ」

「だよな。なんかあいつ飛んでるし、全身鱗だらけだし。簡単には行かなそうだ」

「せめてバットの一本もあれば話は違うんだけど。どっかに転がってないかな」

俺たちの会話に魔法少女が疑問符を浮かべる。

「えっと……？　何のお話ですか？」

「世界を救うお話だ」

「今日は俺たち、プニキュアだから。世界救うことにしてんの」

そういうこと。そういうノリなんだよ。だって俺たちプニキュアだし。

灰原がそのへんに転がっていた角材を投げよこした。オーケー、これが俺のマジカルロッドだな。ムーンプリズムパワーは感じないしメイクアップもできなそうだが、人を殴るには事足りる。

「行くぞ、灰原。こっから先はプニキュアの時間だ」

「やろうぜ、ナツメ。明日の課題よか楽勝っしょ」

「ええ……？　この人たち、正気なのかな……？」

『酔っぱらいってやつだね。ホワイト、大きくなってもああはなっちゃダメだよ』

「う、うん……」

案ずるでない。正気はないが、負ける気もない。ついでに言えば考えもない。

世界で最も恐れを知らない存在と化した俺たちは、フィジカルパワーを角材に込めて、悠々と路地裏を後にした。

＊

路地裏から踏み出して空を見上げる。おぼろげに地上を照らす三日月と、それを背負って地上を睥睨《へいげい》するドラゴニア。

俺たちの姿を認めると、ドラゴニアの男は眉をひそめた。

「……あ？　なんだ、テメエら。魔法少女には見えねえな」

魔法少女に見えないだと？　言ってくれるじゃねえか。お前、プニキュアは魔法少女じゃない派閥ってのも存在するんだぞ。生半可な気持ちで戦争の火種を撒《ま》くんじゃねえよ素人がよォ。

「なんだとはなんだ。どっからどう見ても魔法少女だろうが。さてはお前、プニキュア知らないな」

「ハァ？　何言ってんだお前」

「ったく、しゃーねーな。一度しかやらないから、よく見とけ」

俺と灰原は二人並んでポーズをとる。今日何度も繰り返してきたモーションだ。酔っぱらった体から繰り出す凄《すさ》まじいキレは、今日だけでも数多《あまた》の観客を阿《あ》鼻《び》叫《きょう》喚《かん》の渦に叩《たた》き込《こ》んできた。

「光の使者・キュアゆうた！」

「光の使者・キュアまさと！」

「「俺たちプニキュア！」」

さあ、闇の力の下僕たちよ。とっととおウチに帰ろうか！

「なるほど。変態か」

「変態じゃない、プニキュアだ」

「特殊な趣味嗜好を有する成人男性か」

「お前もそれ言うのかよ」

さっきも聞いたぞそれ。流行《はや》ってんのかな。俺たちはただプニキュアになりたいと心の底から願っているだけで、何一つ特殊なことはしていないと思うんだが。

「おい、答えろ変態ども。あのメスガキはどこ行った」

「あの子なら帰ったぜ。お前の相手すんのは疲れるんだとよ。好きな子にちょっかいかけたくなる気持ちは分かるが、ほどほどにしとかねえと嫌われるぜ」

「フーン。じゃあ、優しく殺してやるから出てこいって伝えとけよ、おっさん」

「おう考えといてやるよ。だから今日は帰ってお寝んねしな、クソガキ」

「おいおい、まだまだ遊び足りねえよ。代わりにお前らが遊んでくれんだろ？」

ドラゴニアは両翼を広げ、鋭い鉤爪を大きく開いた。極めて好戦的な光が瞳に宿る。

欲しがるねえ。いいぜ、躾《しつ》けてやるよ。俺は角材を空に掲げ、ホームラン予告を突きつけた。

「名乗りを返すぜ。龍星軍《ドラゴニック・フォース》の大佐《カーネル》、リントヴルム。それがお前らの命を刈り取る名だ」

リントヴルム、か。なるほど。俺たちに名乗るとは愚かなやつよ。

大学生に名前を知られることの意味を知らないらしい。灰原のやつがタバコを真横に動かし、紫煙で宙に線を引いた。ここは俺に任せろという意味だ。

「へー。んじゃリントくんだね。年いくつ？」

「……は？　年？　お前らの暦で言うと出生からは十六年になるが、それがどうした？」

「まだ未成年ね。彼女いる？　もしくは好きな子でもいいよ」

「番《つがい》の相手はいないが……。おい、待て。これはどういう質問だ」

十六歳彼女なし、と。基本情報は揃《そろ》ったな。本当なら酒でも片手に話したいところだが、状況が状況だ。酒抜きでやるか。

自己紹介が終われば実質友達。それが俺たち、大学生の掟《おきて》である。

「趣味とかある？　最近ハマってることとか」

「趣味ィ？　趣味ってほどでもないが、侵略活動はそれなりに嗜《たしな》んでるぜ」

「あー、あれね。最近流行ってるよね」

「流行ってんのか!?」

「おう、俺らもよくやってるし。だよな、ナツメ」

「ああ。先週皆でやったときはクッソ盛り上がったよなぁ」

脊髄反射で話を繋げるのは大学生の必須スキルである。もはや染み付きすぎていて、口が勝手に動くのだ。

仲間内ならば「あーまたこいつ適当なこと言ってるわー」と、暗黙の了解が通じるのだが。リントヴルムにとっては、そうではなかったらしい。

「ひょっとしてお前ら、俺と同じか？　さっきの名乗りも出鱈目《でたらめ》じゃないんだな。プニキュアっつーのは聞いたことないが、どこの所属だ？」

「所属？　所属で言うなら……。あー、ナツメ」

「光の園」

「そう、そこだ」

このプニキュアにわかめ。設定くらい暗記しておけ。そんなことで必殺技の前口上が言えるのか。

リントヴルムはしばらく光の園について考えこんでいた。真面目なやつだなー、こいつ。適当に聞き流してくれないとこっちも困るよ。

「チッ、やっぱ聞き覚えねえわ。質問を変えるぜ。お前たちはどの派閥に属している？」

「派閥？　なんだそれ」

「とぼけるなよ。介入と観測だ。お前たちの正義はどちらにあると聞いている」

介入？　観測？　何の話だ。さっぱりわかんねーぞ。

だがしかし、俺たちは動揺しなかった。「あーそれね、はいはい」みたいな感じで頷《うなず》いていた。

こういうとこだよなー、俺たち。

どうする、と灰原は視線をよこした。オーケー。灰原に代わって俺が答えることにした。

「介入も観測も興味はねえな。だが、強いて言うなら」

「強いて言うなら？」

「魔法少女の味方だ」

とりあえずよく分からないからそう答えた。嘘《うそ》は言っていない。

だがしかし、何らかの意味はあったようだ。リントヴルムは爬《は》虫類《ちゅうるい》のような金色の瞳を大きく見開いて、信じられないものを見る目で俺たちを見ていた。

「狂人め……！」

「そこまで言う？　そんなに魔法少女嫌い？」

「ハッ、テメエと交わす言葉なんてねえな！　お前らは俺の敵だ！　ぶち殺してやるよイカレ野郎どもォ！」

リントヴルムは月に吠《ほ》える。雄叫びと共に解き放たれた殺気がビリビリと空を揺らす。戦いの世界に身を置いたものが放つ、刃のように鋭い覇気。日常に生きる一般人が受ければ、間違いなく身がすくんでしまうだろう。

だが。酔っぱらった大学生は、日常に生きる一般人の例に漏れたようだった。

「なるほど、リントくんは魔法少女よりもヒーロー派だったか。ヒーローは魔法少女と違って色々あるからなあ。戦隊？　仮面ライダー？　それともウルトラマン？　もしくはロボット派だった？」

「……ハァ？　おい、さっきから何の話してんだ？」

「何の話って、決まってんだろ。分かんないのか？　あーもう、分かった分かった。ちゃんと説明してやるよ」

察しが悪いなー、こいつ。さっきからなんで俺たちがこんな話してるのか、ちっとも気づいてない。

まあいいや。ネタバラシにはいい頃合いだろう。俺はゆっくりと角材を空に掲げ、それを合図とした。

「ただの――」

「――時間稼ぎ、ですよっ！」

俺の言葉を、魔法少女が引き継いだ。

リントヴルムの真後ろで、魔法少女は純白の剣を振りかざす。俺たちに意識を向けていたヤツは、完全に虚を突かれていた。

「なっ……⁉」

「シャイニング――！　ジェノサイド・スラスターっ‼」

白刃。白閃《はくせん》。白光。白華。

見惚《みほ》れるほどに美しい斬撃がリントヴルムを斬り刻む。慣れた手付きで剣を操り、流れるように斬撃を繰り出す彼女は、まさしく月下に咲き誇る一輪の華であった。

「くそ……ッ！　よくも……ッ！　よくもやりやがったな……ッ‼」

斬り刻まれたリントヴルムは、傷を負ったわけではなかった。ただ、冗談のように姿が薄れていった。

まるで存在というものが欠如してしまったかのように。一瞬でも目を離せば見落としてしまいそうなほど、急速に消えていった。

「テメエらの名前は覚えておいてやるよォ！　次に会ったときは問答無用でぶっ殺してやらァ！」

そんな捨てゼリフを吐きながらヤツは消えていく。憎悪をたっぷりと込めた瞳を俺たちに向けながら、最後にこう言い捨てた。

「俺が殺しに行くその日を怯《おび》えて生きろ！　また会おうぜ！　キュアゆうたとキュアまさとォ！　シャハハハハハハッ！」

あー。そっかー。キュアゆうたとキュアまさとかー。

なんなんだろう。カッコいいこと言ってるんだけど、なんでこうなるんだろうね。なんつーかな。そういうとこだよね、リントくんは。

確かにキュアゆうたとキュアまさとだよ。俺たちはそう名乗ったよ。でもさ、普通分かるじゃん。分かってほしいじゃん。伝わってほしいんだよ俺たちは。なんで分かってくれないんかなー。

そんな俺たちの思いを知ってか知らずか、リントヴルムの姿は完全に消え去った。

「また、逃げられましたか」

魔法少女はリントヴルムが消えた空を睨《にら》む。逃げられたと。やはり倒したわけではないらしい。

そうは言っても勝利は勝利だ。ならば祝わぬ道理もない。

「うむ。我々の勝利であるな、キュアまさとよ」

「いかにも。我が軍の大勝利でありますぞ、キュアゆうた殿」

「これで勝ったの、なんだかすっごく納得いかないんですけど……」

地上に降りてきた魔法少女は多分に複雑な顔をしていた。いいじゃんいいじゃん、勝ったんだから。

気がつけば、空に輝く月は平常の色を取り戻していた。遠くから街のざわめきも聞こえてくる。先程まで感じなかった人の気配が、俺たちの世界に戻ってきた。

『結界解いたよ。おつかれさまー』

「あ、うん。スピもおつかれさま。今日もありがとうね」

『ふわぁ……。ちょっと疲れたから、僕は寝るよ。何かあったら起こして……』

そう言うなり、ぬいぐるみは魔法少女の手の中で微動だにしなくなった。あれで眠ったらしい。

見た目にはただのぬいぐるみにしか見えなかった。

「えっと、その。助けていただき、ありがとうございました」

魔法少女は改めて一礼する。ええってことよ。

「それと、結局巻き込んでしまいましたね……。本当にごめんなさい。謝って済むことではありませんが、それでも謝らせてください」

「あー、いいっていいって。気にしない気にしない。生きてりゃそういうこともあるっしょ」

「むしろ俺ら、自分から巻き込まれに行ったしな。あんまり悩んだって良いことないぜ。テイク・イット・イージーで行こうや」

俺と灰原は努めて軽いノリで魔法少女の肩を叩《たた》く。いまいち何に巻き込まれたのかよく分かってないけど、まあなんとかなるっしょや。

「それより酔い覚めちまったわ。打ち上げ兼ねてどっかで飲み直そうぜ」

「いいね。どこ行く？　居酒屋？　海鮮？　それとも肉バル？」

「んー。なあ、あんた。なんか食いたいもんあるか？　奢《おご》るぜ」

「え、ええ？　私ですか？」

そりゃそうでしょ。今日のＭＶＰなんだから。

「ひょっとして飲み会苦手だったか？」

「いえ、その、そういうことではなくてですね」

「あー。ひょっとしなくとも、まだ未成年か。安心してよ。俺たち飲めない人に強要したりしないから。介抱役が必要になるくらい飲んだりもしないし」

「あのですね。率直に申しますと、あまりのマイペースさに戸惑っているのです」

困惑する魔法少女を引きずるようにして連れて行く。プニキュアと着ぐるみに挟まれた魔法少女は、やがて観念してついてきた。

「あー、うー。分かりました、分かりましたから。引きずらないでくださーいー！」

「おー、その調子だ。じゃあ行く店探すか。この辺色々あるぜ」

「ナツメー。俺まぜそばが食えるとこがいいー」

「そんな飲み屋あったかなぁ……」

考えながら魔法少女の顔色を窺《うかが》う。ふむ、ひとまず状況に流されようといった感じか。本気で嫌というわけではなさそうだ。

だったら色々話を聞かせてもらおう。半ば勘違いのようなものであったが、ともかく彼女は助けを求めたのだ。事情も聞かずにそのまま見過ごすわけにはいかない。

そんな算段を立てていた俺を、灰原がニヤニヤと笑いながら見ていた。ふらっと距離を詰め、魔法少女に聞かれないように俺の耳元で小さく呟いた。

「なあ、ナツメ。本当はずっと前から酔いなんて覚めてただろ」

「そういうお前もな」

「俺、ナツメの何も考えてないように見せて本当はめちゃくちゃ考えてるとこ、結構好きだぜ」

「やめろい気色悪い」

灰原に肩パンを入れると、やつは大げさにリアクションを取る。そんな俺たちのコミュニケーションを、魔法少女は不思議そうに見ていた。

＊

そんなわけでチーズダッカルビの店にやってきたのであった。

コンロに載った鉄板の上でピリ辛の具材がじうじうと煮える。あとチーズ。大量のチーズ。滝のように流れる膨大なチーズが、鉄板の上で凄まじい存在感を放っている。これに鶏肉《とりにく》やナスなどの具材を絡めて食すのだ。この動物的本能を強力に揺さぶるチーズと肉が、果たして美味でないことがあろうか。いやない。

「飲み物もあるな。じゃ、乾杯すっか」

俺はレモンサワー、灰原はハイボール、魔法少女は烏龍《ウーロン》茶だ。灰色の男たちは一杯目にビールを頼まない。別にビールが嫌いってわけじゃないんだけど、誰かが一杯目にビールを頼むとビール嫌いなやつも飲まなきゃいけない感じになるじゃん。あれが嫌。

カツンとグラスをぶつけて乾杯し、ぐっと一口。口の中で弾《はじ》ける爽やかな雫《しずく》が、乾いた体に潤いを与えてくれた。

「あの……。今更なんですけど……」

「？　どうした？」

「二人とも、周囲の目線とか気にならないんですか？」

俺たちはまだプニキュアだった。

俺はピンクの仮装プニキュアだし、灰原は着ぐるみ姿だ。そして、かくいう魔法少女は華やかな純白のバトルドレス。色物枠の俺たちと違い、彼女は容姿もあいまって正統派魔法少女だ。ここに来るまでも通行人にじろじろと見られて、時折恥ずかしそうにしていた。

できるだけ視線をさえぎるように、俺と灰原でさりげなくブロックしていたが、気になってしまったらしい。

「まあ、楽しんだもん勝ちだし」

「細かいこと気にしないんだよ、俺ら」

「この人たち、適当に生きてるなー……」

よくお分かりで。

魔法少女は烏龍茶のグラスを置いて、周りをちらりと確認した。心配せずともここは個室居酒屋だ。余計な視線はない。

「ちょっと失礼しますね」

彼女は指をすいっと動かして、空中になにかの文字を刻んだ。瞬間、彼女の体が眩《まばゆ》い光に包まれる。

光が消えたかと思えば、彼女の装いは一変していた。ふんわりした白のブラウスに、落ち着いた色のキュロットスカート。足元は紺の意匠が施されたパンプスだ。純白のバトルドレスはもはや跡形もなかった。

ちょっと肌寒かったのか、彼女はもう一度指を振って桜色のカーディガンを召喚する。それを羽織れば完成だ。ガーリーな服装は、率直に言ってよく似合っていた。

「便利だな」

「そうでもないんですよ、これ魔法なので。今はもう慣れましたけど、ちょっと気を抜くと解けちゃったりします」

「分かるわ。俺も油断すると服脱いだりするし」

「あなたのそれと一緒にしないでください。……へんたい」

彼女はじっとりとした目で俺を見る。そんな彼女ににっこりと笑いかけた。彼女の視線の湿度が増した。

「それよりそろそろ自己紹介しようぜ。ねえ、なんて呼べばいい？」

灰原が魔法少女に話を振る。そう、それ。気になっていた。ホワイトと呼ばれていたが、それが名前でいいのだろうか。

「そうでした。申し遅れましたが、シロハ・ホワイトと申します。魔法少女名はホワイトブランド。変身中はホワイトと呼んでください。平常時でしたら、お好きなように」

「あれ、外国の方？」

「生まれも育ちも日本ですよ。シロハというのは仮名です」

仮名を使われてしまった。やはり魔法少女たるもの、変身前の素性は軽々と晒《さら》してはならないようだ。魔法少女鉄の掟が今日まで受け継がれているようで何よりである。

「それと、今は寝ていますが、この子が相棒のスピです。スピネルのような目をしているので、スピ。可愛《かわい》いですよね」

そう言って彼女はにっこり笑う。はいはい、お前のほうが可愛いよ。

シロハの頭に乗っているスピも、今は物言わぬぬいぐるみに徹している。こうして見るとどこまでもぬいぐるみだ。先程まで動いて喋《しゃべ》っていたのが嘘だったんじゃないかとすら思えた。

「それで、あなた方のことはなんとお呼びしましょうか」

「ああ。俺の名はゆうたお兄ちゃん。で、こっちの着ぐるみはまさとお兄ちゃんだ」

「……あの、ナツメさんと灰原さんですよね？　さっきそう呼んでましたし」

「ナツメ？　誰だそいつ。知ってるか、まさとお兄ちゃん」

「さあ。灰原ってやつも知らねーな、ゆうたお兄ちゃん」

「正気ですか？」

シロハは信じられないものを見る目で俺たちを見ていた。かくして、年端もいかない少女にお兄ちゃんと呼ばれる俺たちの野望は潰えたのであった。

「魔法少女名はキュアゆうたとキュアまさと。普段は世界の平和を守ったり、大学の講義をサボったりしている」

「不真面目なんですね」

「大学生なんてそんなもんだぜ、シロハちゃん」

灰原の言うとおりである。大学生の本分とは、限られた最後のモラトリアムをいかに輝くかにあるのだ。

自己紹介も終えたところでレモンサワーが空になった。店員を呼んで、次のお酒とつまみを注文する。からあげと卵巻きとトマトのアヒージョ。チーズダッカルビもまだあるが、みんなお腹空《なか》いているみたいだし、いけるだろう。

当たり障りのない質問で話を広げながら食べたり飲んだりして。一息ついたタイミングで、ぽつりとシロハが切り出した。

「これから、どうしましょうね」

「どうするって？」

「あなたたちまで狙われちゃったじゃないですか。近い内に大変なことになりますよ」

大変なことになるとは言うが、それは不要な心配だ。何故ならとっくに大変なことになっている。そう、俺も灰原も努めて思い出さないようにしているが、俺たちには明日提出の課題があるのだ。俺たちは既に、取り返しがつかない領域に踏み込んでしまっていた。

「私は真面目に話をしているのです。ちゃんと聞いてください」

「待ってくれ。この俺が今まで真面目に話を聞かなかったことが一度でもあったか？」

「これまで何か一つでも、真面目に聞いたことがありましたか？」

「ごめんなさい」

「よろしい」

シロハは早くも俺たちのノリに適応し始めていた。強かな子である。それでこそ世界を守る魔法少女というものだ。

「巻き込んでしまった以上、状況を説明しないといけませんね……。どこから話したものやら」

「差し支えなければ、最初から教えてほしい」

「全部知ったら、もう戻れなくなりますよ？」

それこそ不要な心配であった。ハイボールのジョッキを揺らしながら、灰原が言う。

「とっくに巻き込まれ済みだって。というか、もっと巻き込んでよ。これでも俺ら結構頼りになるぜ？」

「確かに、今日は助けられてしまいましたけれど……。でも」

「何があったかは知らないけどなー。女の子がボロボロになって戦ってるのを忘れて、平然と日常生活に戻れるほど肝っ玉据わってねえんだ、俺ら。ちゃんとみんなが幸せに生きてくれなきゃ不安で夜も眠れないの。だろ？　ナツメ」

「ああ」

酒に理性を溶かそうと、これだけは忘れない。

お前が幸せにならないと、不安で夜も眠れない。それは灰色の男たちの合い言葉である。寄る辺なき者どもが少しでも面白おかしく生きるために、俺たちは互いに手を差し伸べながら身を寄せあった。

だから。彼女が助けを求めた最初のときに、俺たちの腹はとっくに据わっていたのである。

「もう……。どうなったって知らないですからね」

「どうなったっていいよ。どうにかするから」

「この根拠のない安心感、本当なんなんでしょうね」

だって俺たち、プニキュアだし。

シロハは困ったように微笑んだ。それから烏龍茶を舐めて、口を湿らせてから話し始めた。

「私たち魔法少女は、空の果てから現れる侵略者と戦っていました。いつの頃からかはもう誰にも分かりませんが、歴史が始まったときには既にそうしていたと聞いています。これまでは各地の魔法少女の尽力により世界の平穏は守られていましたが、ここ数年で状況は大きく変わってしまいました」

なんたることか。衝撃の事実である。俺たちの世界は魔法少女に守られていたのだ。

かの第六天魔王・織田《おだ》信長《のぶなが》も、革命の風雲児ナポレオン・ボナパルトも、稀代《きたい》の天才軍師・諸葛《しょかつ》亮《りょう》孔明も。全ての所業はもれなく魔法少女の尽力あってのことだったのだ。いや、ともすれば彼ら自体が魔法少女だったのかもしれない。だとすれば彼らが美少女になるのも説明がつく。おお、神よ。イラストを司《つかさど》る神々よ。つまりはそういうことなので、彼らを美少女に変えたまへ。僕はジョン・フォン・ノイマンちゃんがみたいです。

「あの、ナツメさん。なにか変なこと考えてませんか？」

「連綿と受け継がれる歴史と文化に思いを馳《は》せていた」

「……？」

失礼。続けてください。

「転機となったのは二年前のことです。その年、かつてない大規模の侵攻がありました。空を埋め尽くすほどの大軍が連日連夜攻め入ってきて、私たち魔法少女も総力を結集してこれを迎え撃ちました。熾烈《しれつ》な戦いの末、かろうじて敵軍の撃退には成功しましたが……」

一度そこでシロハは言葉を切る。沈んだ面持ちだった。

「大侵略が終わったときには、戦える魔法少女は数少なくなってしまいました。私たちの戦力は大幅に低下し、その後も続く侵攻を防ぐ手立てがなくなってしまったのです。それからは一人、また一人と魔法少女は殺されて、今はもう、私だけになってしまいました」

「そうか……。シロハ、がんばったんだな」

「はい。でも、それもそろそろ終わりみたいですけどね」

自虐的にシロハは微笑む。それが俺には、痛みを飲み込むことに慣れた笑みに見えてしまった。世界を襲う侵略の影は未《いま》だ盛んにして、それに対抗する魔法少女はいまやシロハしかいない。状況を理解した灰原が、ごくりと喉を鳴らした。

「……あれ？　じゃあ、この世界ってもうヤバい？　ひょっとして今日、俺たちがプニキュアしてなかったら世界終わってた？」

シロハはきゅっと口を結んで険しい顔をする。それを見た灰原が、「あっやべ」と口元で呟いた。

「そうですね……。ごめんなさい。私たちはもう、とっくに負けてしまっているのです」

彼女は深々と頭を下げた。やめてくれ。ボロボロになりながらも懸命に戦い続けた少女に、どうして俺たちが謝られなければならない。

「だから……。あなたたちは、私に関わるべきではなかった。打つ手なんてもうどこにもないんですよ。今日を生き延びたところで、明日どうなるかは分からない。明後日《あさって》のことはもっと分からないですが、来週のことは分かります。来週にはもう、私は生きてはいないでしょう」

シロハはその言葉を淡々と述べる。とても愉快な話では無かろうに、彼女はどこまでも現実に向きあっていた。

痛ましいほどに強い少女は、瞳に覚悟を宿していた。高潔で、清廉な、純白の決意。彼女の瞳があまりにも綺麗だったから、俺は手を伸ばすことをためらった。

――だが。

「ナツメ」

灰原が言う。天井を見上げて、誰にともなく呟くように。

「灰色協定《グレイ・パクト》だ。俺は、この話を聞いて、黙ってはいられない」

灰色協定。人間社会のレールを踏み外した灰色の男たちが、自衛のために徒党を為《な》すにあたって締結したいくつかの約束事。灰原は、その中で最も重要な約定を適用するべきだと言った。

灰色協定が一の項、全ての灰色を焼き尽くす。誰かが胸に抱えた灰色を取り除くためなら、俺たちは助力を惜しまない。

ここに灰色がある以上、俺たちが迷うはずもなかった。

「分かってる。俺も同じ気持ちだ」

「やろうぜ」

「ああ。やるか」

ガツッと拳を突き合わせる。オーケー、腹はくくった。乗りかかった船だとか、世界のためだとか、そんな言い訳をする気はない。

俺たちは、俺たちがそうしたいから、彼女の事情に踏み込むのだ。

そうと決まれば知りたいことがある。重い空気を緩和するように、声音を作って彼女に聞いた。

「なあ。その侵略者って奴らは、一体何が目的なんだ」

「ああ、それでしたら――」

『それが分からないんだよねー』

シロハの言葉を継いだのは、動き出したぬいぐるみ。スピだった。

相変わらずの無機質な瞳のまま、ぬいぐるみはうんしょと伸びをする。へぁーとあくびだかため息だか分からない吐息を放つ彼は、大変に眠そうだった。

『侵略者の目的はよく分からない。全く、あいつらは一体何を求めてこの星に来てるんだろうね。まあ、何を目論《もくろ》んでいたとしても、僕たちが必ず止めてみせるよ』

「え、スピ……?」

『そうだよね、ホワイト』

スピが促すと、シロハはぎこちなく頷いた。

まあ……。知り合ってすぐの相手に何もかも話せるとは思っていない。隠したいなら無理に聞く気もない。灰色の男は紳士たれ。これもまた、灰色協定の一つである。

「スピ、もう起きたの？　大丈夫？」

『正直まだ眠い……』

「だったら寝てなよ」

『今そんな気分じゃない』

　スピは寝直すつもりはないようだった。シロハの側に陣取り、無機質な赤い瞳を俺たちに向ける。なんとなく何を考えているかは分かる気がした。

「心配しなくても取って食ったりゃしねーよ」

『分かってるよ。僕だって全く信用してないわけじゃない』

　つまり彼は、大事な大事なホワイトちゃんに悪い虫がつかないか心配で起きてきたってわけだ。

　なかなか警戒されてしまっている。このぬいぐるみ、マスコットというよりも保護者のようだ。

　なお、当の魔法少女は俺たちが何について言葉を交わしたのか、いまいち分かっていないようだった。

「ねーねー。起きたんだったらなんか飲む？」

『じゃあコーヒー』

「おっけ。店員さーん、アメリカンコーヒー一つー」

『冗談のつもりだったんだけど。この店コーヒー置いてるの？』

「え、置いてるわけないじゃん」

『なんで注文したの⁉』

灰原はキャハハと笑って、さりげなく俺にアイコンタクトを飛ばした。真面目な話はもういいだろって意味だ。それもそうだな。

重たい話は後からでもできる。それよりも今は、思いつめたシロハの表情を和らげるほうが大切だ。

「コーヒーはないがカルーアならあるんじゃないか。飲むか？」

『だから冗談だって。この体でどうやって飲料品を摂取しろというのさ』

「へえ。そういえば、そのぬいぐるみの中どうなってるんだ？」

『……黙秘権を行使する』

「基本的人権を備えてから出直すんだな」

俺が手をわきわきさせると、スピは助けを求めるようにシロハを見た。相棒の窮地にシロハは重々しく頷いた。

「私も気になります」

『裏切られた!?』

「スピも私と同じで、非生命の活動体なんだよね？　飲まず食わずでも動けるってことはそういうことだよね。でも、そのわりには睡眠はしっかり取るし……」

『そこんとこ、正直僕自身もよく分かってないんだけど……。っていうかちょっと待って、ホワイト。ストップ。喋りすぎ』

……うん？

なんだかものすごーく気になる言葉が聞こえた気がした。灰原のやつも違和感に気がついたようだ。二人で目を合わせて、一瞬のアイコンタクトを交わす。

「灰原。俺さ、居酒屋の格は〝卵巻き〟で決まると思うんだよな」

「分かる。卵を制するものは世界を統べると言っても過言ではない。卵こそ真理であり、一にして全だ」

「ところでここにラスト一切れの卵巻きがあるわけだが」

「この前振りからなんてこと切り出すんだよ。もう戦争じゃん」

俺と灰原は全力で聞かなかったふりをした。正直めちゃめちゃ気になるが、話したくないことは聞かないのが灰色の男たちだ。これくらいのスルースキルはお手の物である。

ところどころ怪しい言葉を漏らす彼女たちに内心ヒヤヒヤしつつ、意味のない言葉だけを重ねる。その甲斐《かい》あってか、シロハの表情は少しずつ柔らかいものに戻っていった。

ひとしきり飲んで、騒いで、笑って。重苦しさを盃《さかずき》に沈めて存分に飲み干してから、俺たちは店を出た。

「本日はありがとうございました。こんなに楽しかった日は久々です」

「おうよ、俺らも楽しかったわ。また今度遊ぼう」

「はい、喜んで。ですが、次は普通の格好だと助かります」

「だってよ。言われてるぜ、ナツメ」

「お前のことだろ、灰原」

「お二人ともです」

　そんなこと言われても俺たちプニキュアだからなー。隠しようもなくプニプニでキュアキュアな俺たちだ。こればかりはどうしようもない。

「もう夜遅いし、近くまで送っていこうか？」

「近く？　何の近くですか？」

「家の近く」

「家の近く……？」

　灰原の紳士らしさあふれる申し出に、シロハは困った様子だった。送《おく》り狼《おおかみ》を警戒しているのとは、少し様子が違う。

『あー。僕がいるから気にしないでいいよ。ありがとう』

「ん。りょーかい」

　スピが断ると灰原はあっさり引き下がる。紳士としては無理強いすることはない。だけど俺は、ふと気になることがあった。

「なあシロハ、一つ聞きたいんだが。この後どうするんだ？」

「どうって、次の襲撃まで適当に時間を潰しますけども」

「……どこで？」

「適当に街中歩いたり、廃ビルの屋上で空を見たり、とか？」

　嫌な予感がした。過度な詮索はしないつもりだったが、これはちょっと、聞き逃せない。

「なあ、シロハ。まさかとは思うが……」

意を決して、俺は聞いた。

「住む家、無かったりする？」

彼女は、当然のような顔で肯定した。

*

よくよく聞いてみると、魔法少女の生活というのはなかなかにサバイバルなものだった。

魔法少女として生きることを決めたその日から、彼女に頼る身寄りはない。戦況に伴って各地を転々とするため、定住地というものも持たない。トドメにお金がないため宿も使えない。

そんなわけで、基本的には廃墟《はいきょ》暮らし。そもそも寝泊まりすら行わず、夜通し星を見ながら歩くのもザラである、と。

「でもでも、星を見ながら歩くのって楽しいんですよ？　誰もいない山に登って、澄み渡る夜空に灯る星々を見上げると、何も考えずとも時間が過ぎていくのです」

「それは是非とも見てみたい光景だが、夜中にそんなことをしていて体は休まるのか」

「大丈夫です。魔法少女は強いので」

「そういう問題じゃない」

そんなわけで俺は、シロハと二人で夜道を歩いていた。

単身夜のピクニックに繰り出さんとする彼女を見送るわけにもいかず、多少強引に連れ出した次第だ。まあその、せめて今夜くらいはちゃんとした寝床に泊まってほしい。

『あのね、ホワイト。そういうのは良くないんだよ』

「そんなこと言ってもなぁ」

保護者のスピさんもシロハのワイルドなライフスタイルには思うところがあったようで、こうしてご同行願えた次第である。なお、灰原のやつは逆方向だからと帰った。というよりも、俺が向かう場所を察して逃げたと言うべきか。

『それで。一体どこに連れ込むつもりだい？』

「知人の家だよ。安心しろ、一応あいつも女子大生だ。生物学的にはそう分類されている」

『奥歯にものが挟まってる』

「まあ、その、なんだ。あまり良いやつとは言えないかもしれない」

最初は俺の家に泊めようかと思ったが、男子大学生の一人部屋は年頃の少女にとって刺激が過ぎるもので溢れている。ロクに掃除もしていないあの空間に、ちょっとお客さんは上げられない。

そんなわけで知人を頼ることにしたのだが。こんな時間に上げてくれるような女子は、あいにく一人しか知らなかった。

「安心しろ、シロハには無害だ。あいつは年下には手は上げない」

「随分と苛烈な人なのですね」

「会えば分かるよ」

駅から歩いて数分ほど。この街では一等地と呼んでしかるべき場所に立つ小洒落《こじゃれ》たマンションの、神をも恐れぬ四〇四号室があの女の居城だ。

　念の為事前に連絡はしてあるが、だからと言ってこの緊張感は拭えない。遠からぬ仲ではあるのだが……ううむ。

　マンションのエントランスで逡巡《しゅんじゅん》することしばし。意を決して、俺はインターホンでヤツを呼んだ。

『どちらさまですか？』

　スピーカー越しにぼやけて聞こえてきたのは少し硬い女性の声。音質の悪いスピーカー越しであろうと聞き間違えるはずもない。間違いなくヤツの声だ。

「久しぶりだな、桃子《ももこ》」

『うわっ、本当に来やがった……』

「迷惑だったか？」

『大迷惑だ。人目につく前にさっさと上がれ』

　言葉とは裏腹に、マンションのゲートはするっと開いた。おう桃子、今日も元気そうで何よりだ。

「あ、あの、ひょっとしてご迷惑でした……？」

「気にすんな。ああいう挨拶だと思えばいい」

「でも、すっごく嫌そうでしたよ？」

「ああ。興奮するだろ」

シロハはおよそ人間とは思えない挙動で俺から距離を取った。

「……やはり、特殊な趣味嗜好を有していましたか」

「おい冗談だぞ。真に受けるな」

『気をつけてホワイト。第二種異常性癖者、ドMだ。あれの放つ呪言を受けると精神汚染の危険がある』

「だから冗談だっつの。戻ってこい。俺はそんなんじゃない」

何が悲しくて桃子相手に興奮しなければならんのだ。暴虐の化身に罵倒されたからと言って何を感じるはずもない。やはり罵倒されるのならば年頃の娘さんに限る。精一杯顔を赤らめて、上目遣いにぷるぷると震えながら、木漏れ日のように繰り出されるささやかな嫌悪心の発露こそが、我が息子に捧《ささ》げる極上の快楽なのだ。

そんなことを熱弁してみた。シロハはドン引きした。

「変態……っ！　変態、この、変態っ！　近寄らないでください気持ち悪い！」

「あ、そうそう。ちょうどそんな感じ」

「私もう帰ります！　お世話になりました！」

冗談だって冗談。いや本当に。マジでそっちの気はないぞ。

半ば本気で帰ろうとするシロハをどうにかこうにか宥《なだ》めすかしながら歩いていると、四〇四号室の扉が開いた。

「おい、人目につくなって言ったよな」

中から出てきたのは露骨に嫌そうな顔の女子だった。短く揃えた黒髪のショートヘアに、雑なTシャツと雑なジャージ。これが普段着ですと言わんばかりの普段着だ。色気の欠片《かけら》もない出《い》で立《た》ちは、いっそ男らしさすら感じられた。

そんな風に彼女の服装を分析しながら、俺はふと我が身を振り返った。ひらっひらでふりっふりなプニキュア衣装がそこにあった。

「入れ」

俺の服装に面食らった桃子は、即座に表情を氷点下にまで凍《い》てつかせた。ドスを利かせた低い声と共に俺の腕を掴《つか》み、引き倒すようにして部屋の中に引きずり込む。それからすぐに玄関の扉を閉めた。

「テメエ、なんて格好してやがる。人目につくなって言ったよな？　あたしの言うこと聞けなかったか？　焼くか？」

「よう桃子。急に押しかけてすまんな、恩に着る」

「焼くか焼かないかを聞いてんだよ。どこから焼くか？　目か？　穴か？」

胸ぐらを締め上げながら尋問する彼女の迫力は、とても女子大生のものではなかった。完全にチンピラというか、元ヤンというか。いや、実際に元ヤンなんだけど。っていうか焼くって何。

「チッ……。クソ、ふざけんじゃねえぞ。どういうつもりだ。こんな時間にそんな舐めた格好しやがって」

「すまん。迷惑だったか」

「当たり前だ。お前、あたしがどれだけ世間様に気を使って生きてるか知ってんだろ」

桃子は棚の奥からセッターを取り出し、しゅぼっと火を付ける。タバコは止めたと聞いていたがあれは嘘だったらしい。なにせ中学の頃からヤニと共に生きてきた女だ。現代社会において肩身の狭い喫煙者の烙印《らくいん》が、すっかり身に染み付いていた。

「お前まだそんなことしてんのかよ。無意味だからやめろって」

「うるせえな。あたしの勝手だろ。あたしはこっちの世界で生きていくって決めたんだ」

「じゃあもう喧嘩《けんか》もしないのか。なんたら丸ってバイクはどうした」

「女子大生は喧嘩なんてしねえ。それに、回天丸ならもう売った」

ソファーに深々と腰掛け煙を吐く、見た目ゆるふわな女子大生。鬼《おに》ヶ《が》島《しま》桃子は、その獰猛《どうもう》な本性を押し隠して生きていた。

何を隠そう、彼女こそが元関東最強のレディースたる『怪獣王』桃子その人である。かつて回天丸なる物騒極まりない名前の改造バイクを乗り回し、関東制覇の偉業を成し遂げた伝説の女なのである。あと、俺の幼《おさな》馴染《なじみ》。

「あたしは普通の女子大生になったんだよ。タイマンもブッコミもまっぴら御免だ。タピオカミルクティーをすすり、ＳＮＳのフォロワー数を伸ばすことで承認欲求を満たしながら生きていくんだ」

「お前女子大生馬鹿にしてんだろ」

「黙れ！　お前に女子大生の何が分かる！」

「いや知らんけど」

正直どうでもよかった。まあ、うん。いいんじゃないっすかね。

実際彼女の珍妙な努力は実を結び、大学ではそれなりに普通の女子大生に擬態している。だからこそ桃子は、過去を知る俺に声をかけられるのを極度に嫌っていた。

「あの……。私、お邪魔でしたか……？」

「……あ？」

すっかり置いてけぼりにしてしまったシロハが心配そうな声を出す。そこでシロハの存在に気がついたのだろう。桃子はソファーから体を起こし、タバコをくしゃっと手のひらで握りつぶした。

桃子はシロハの前に立ち、中腰になって視線を合わせる。それから優しい顔でふわりと微笑んだ。

「はじめまして、鬼ヶ島桃子です。お名前を聞いてもいいかな？」

誰だお前。

「へ、え、ええ……？　シロハ・ホワイトです。よろしくお願いします……？」

「よろしくね。ナツメくんから話は聞いてるよ。今日はゆっくり休んでいって」

「ひっ……!?」

先程までの怪獣王はどこへやら。恐ろしいほどの擬態能力は、かえってシロハを怯えさせていた。

「ナツメさん、ナツメさん？　あの、あのですね。あのあのですね」

「諦めろシロハ。もはや助かる術はない」

「命の危機なのですか⁉」

シロハは混乱していた。がんばれ。

良い子はもう寝る時間だ。桃子に手を引かれてお風呂場に引きずり込まれていくシロハを、俺は笑顔で見送った。

*

子の刻を過ぎて午前一時。良い子はとっくに眠る時間に、悪い大学生たちはビールを開けた。

ビールとつまみは俺の手土産だ。俺も桃子も明日は朝から講義があるが、そんなものは気にしない。酒があればその日のうちに飲み干すこと。これは講義よりも重要な大学生の責務である。

「で。聞かせろよ、今度は一体何をやらかすつもりだ」

シロハを寝かしつけた桃子は、相変わらずのラフな格好でビール缶を揺らした。だぼっとしたジャージに、天下人と印字された謎のTシャツ。そこに女の子らしさは欠片もなく、俺は女子大生の現実というものをまざまざと見せつけられていた。

「今度はってなんだよ。何もやらかした覚えねえよ」

「やかましいわ。毎度毎度やらかしてんだろ、知ってんだぞ」

桃子の瞳には好奇の色が宿っていた。女子大生を気取っているくせに、こういうところは俺や灰原によく似ている。可愛いものと面白いものを横に並べたとき、桃子がどっちに食いつくかは語るべくもない。

「お前、今までのこと忘れたんじゃないだろうな。馬鹿ども集めて好き勝手騒ぎやがって。同学年として死ぬほど恥ずかしいわ」

「やめろって。なんで桃子が知ってんだよ」

「嫌でも噂《うわさ》が聞こえてくるんだよ。こっちは全力で他人のふりしてるってのに、いい迷惑だっての」

　口ぶりに反して、桃子は上機嫌にけらけらと笑った。ビール一缶でほろ酔い気分である。これでこいつは酒に弱い。

　かつて俺や灰原がやらかしたあれこれについては……まあ、別の話だ。俺たちに過ぎ去った日々を惜しむ暇はないのだ。今を全力で生きるのが、大学生という生き物なのである。うむ。

「そうだな。端折《はしょ》って説明するが、俺たちは世界を救うことにした」

「ふうん。がんばれよ」

「興味ないじゃん」

「あたしには関係ねーもん。世界なんて救ったって、何にもなりゃしねーだろ」

「お前、シロハの前でそれ言うなよ」

　俺が諫《いさ》めると、桃子は少し目を開いた。

「マジなのか」

「まあな」

「詳しく聞かせろ。世界がなんだって？　あの子と関係あるのか？」

「桃子」

俺は桃子の目を見て、首を振った。

なんだかんだ言ってこいつは優しい。こんな時間に急に押しかけても、嫌な顔を存分に撒《ま》き散《ち》らしながら家に上げてくれる。だからこそ、俺はこいつの日常を壊したいとは思わない。

「やめとけ」

「……チッ。そんなにやべえ話なのか」

「ヤバくねえよ。俺らだけで余裕だ」

「ふざけんな。そういうのが一番ムカつくんだよ」

凄《すご》む桃子。眉間の皺《しわ》に怪獣王が宿っている。こうなっては女子大生も形無しだ。

「そこまで言うなら話すが、後悔するなよ」

「もったいつけてんじゃねえぞ。とっとと言え」

「シロハは魔法少女だ。で、俺がプニキュア。だったらもう世界を救うしかないだろ」

「ぶっ殺すぞこの野郎」

桃子の後ろに鬼が見えた。おーこわ。

これでも嘘は言ってないんだけど。わざとらしくため息をついて、桃子はぐいっとビールを傾けた。

「まあいい。いつもの馬鹿をやるってならあたしは巻き込むな。お前らの関係者だと思われたら、せっかくの女子大生が台無しになっちまう」

「それは時間の問題だと思うけど」

「は？」

　何も言ってません。

　桃子はこう言っているが、懸命の擬態も虚《むな》しく「あの女はヤバい」という噂が流れていることをこいつは知らない。やはり人は持って生まれた性《さが》に逆らうことはできないのだ。それでも俺は見届けたいと願った。元ヤンが女子大生に変態する様を。

「なあ桃子。学校楽しいか」

「なんだ急に、出張続きで子どもとの距離感が分からなくなった父親みたいなこと言って」

「いや、桃子が幸せなら、それでいいんだ」

「キモい。ウザい。死ね」

　父親に対して嫌悪感を抱く思春期の娘さんみたいなことを言われてしまった。何故だ。俺はこんなにも桃子のことを心配しているというのに。違うんだ、俺はただ桃子の生き様を見届けたいだけなんだ。どうして伝わらないんだろう。

「はあ……。分かった分かった。おい、ナツメ」

「分かってくれたか」

「いや知らねえよ」

「分かってくれないのか……」

嫌悪をこめた舌打ちが一つ。黙ることにした。

「あたしは鬼ヶ島桃子だ。女子大生でもなければ、怪獣王でもない。ただの桃子だ。ダチの前でくだらない肩書に拘《こだわ》るつもりはない。それだけは言っておく」

「急になんだよ」

「独り言だよ。さっきの話、あながち全部嘘ってわけじゃないんだろ」

桃子は缶ビールを豪快に飲み干した。

……誤魔化したつもりだったんだけどな。お前はそういうやつだよ、全くよ。

「桃子。お前、灰色の男にならないか」

「冗談じゃねえ。なんでこのあたしがお前らみたいな珍妙集団に加わらなきゃいけない」

「お前となら良い伝説が作れそうだ」

「伝説なら作り飽きたわ」

カッコいいこと言うじゃん。

しかし、桃子の言葉がありがたかったのは確かだ。シロハの事情に立ち入るには、俺と灰原だけでは力不足なのは否めない。桃子に頼るわけにはいかずとも、誰かの手を借りるのは良いアイディアだ。

だが、一体誰の手を借りればいい。魔法少女なる眉唾ものの話を受け入れられる輩なんてそうはいない。ましてや、命の危険も顧みない大馬鹿者となってくると——。

(灰色の男たち《暇を持て余した阿呆ども》以外、考えられねえよなぁ)

*

その頃、シロハ・ホワイトは通された寝室で丸まっていた。

寒気がするほどの作り笑顔で別室に通され、お前は今夜ここで寝るのだと使命を課せられたのだが、さして眠気は覚えていない。

そもそも、魔法少女は睡眠を必要としない。本来ならば食事も必要ない。嗜好の範囲でそれらを摂取することはできるが、存在を維持するために必要な要素ではなかった。

それは魔法少女が、そもそも生命体ではないことに由来する。

『ホワイト。魔力の調子はどう？』

「……ん。少し回復したみたい」

魔法少女が生きるために必要なものは魔力だ。戦うために必要なものも、魔力。魔力さえあればどんな劣悪な環境下でも生き続け、戦い続けることができる。魔法少女とは、極めて少ないリソースしか必要としない非生命の活動体である。

『回復したの？　本当に？』

「うん。なんでだろ、やっぱり久々にご飯食べたからかな」

『それもあると思うけど……。ううん、今日は色々あったからなぁ』

スピは首をひねる。シロハの魔力が回復したことは、驚嘆に値することだった。

魔法少女が必要なものは魔力のみだ。だが、その魔力とは何なのか。その答えはスピもシロハも持ち合わせない。正体不明のエネルギーソースだと認識しているが、それ以上のことは、まだ分かっていなかった。

ここ数ヵ月ほど、シロハの持つ魔力は減少の一途を辿《たど》っていた。原因は不明だ。スピはあれこれと調べていたが、結局分からずじまいだった。

そこに来て、この回復だ。確かに今日は妙な一日だった。色々とあったが、その中の何かが魔力回復に繋がる要素だったとしたら――。

「ねえスピ。私さ、ここにいてもいいのかな」

思索の海に潜り込もうとしていたスピは、シロハの言葉に押《お》し止《とど》められた。

『えっと……。ホワイト？』

「やっぱりだめだよ、こういうの。私がここにいたらあの人たちに迷惑がかかっちゃう」

『それはそうかもしれないけど……』

「私は魔法少女で、あの人は一般人だ。同じようには生きられない。こんな風に厚意に甘えたって、いつかは別れの時が来る」

迷いなく言いきる少女にスピは戸惑う。確かにそのとおりではある。今日はたまたま上手《うま》くいったかもしれないが、本来なら一般人が魔法少女の戦いに加わったところで何ができるはずもない。

そして今日の様子を見るに、彼らは再び首を突っ込むだろう。それがただの好奇心なのか、それとも厚意や正義感といった性質のものなのかはスピには判断しかねるが、シロハにとっては同じことだった。

「だからね、スピ。決めるんだったら早いほうが、お互いにとっていいと思うんだ」

『え、ちょっと。ホワイト、どういうこと？』

「こっそり抜け出しちゃおうよ。朝までに違う街に向かって、それから――」

『すとっぷすとっぷすとーっぷ！』

スピは全力で止めた。さっきまでのスピだったら、シロハの言うことに同意していたかもしれない。だけど、今はそうするわけにはいかなかった。

シロハの魔力が復調した要因に、ナツメが関わっていることは明らかだ。それを突き止めるまでは、彼と行動を共にしても良いのでは。そう考える。

（でも……。この子は、そんな言い分聞いてはくれない）

シロハ・ホワイトという少女は、自分のために他人を危険に晒すことを良しとしない。正攻法で説得したところで、頑として聞かないだろう。

ならばどうするべきか。その答えは、あの阿呆どもから教わった。

『いーじゃん！　僕、今決めなくたっていいと思う！』

「え、なんで？」

『なんとなく？　なんかほら、僕ら結構いい感じじゃん？　っていうかバリバリじゃん？』

「スピ？　スピさん？　急にどうしたの？」

そう。ゴリ押しである。

『それよりなんか眠くない⁉　あー！　眠いなー！　僕急に眠くなってきたなー！』

「眠いようには見えないけど……。でも、早起きしたから疲れてるの？」
『そう、それ！　疲れてるの！　ホワイトだって疲れてるでしょ！　寝ようよ！』
「いや、私は別に寝る必要なんて」
『いいからいいから！　たまにはね、寝てもいいんじゃない？　ほら、今日はおかしなことがいっぱいあったんだし！』

論理として破綻しているが、シロハは押しきられるように頷いた。パワーの勝利である。

この娘に夜通し物事を考えさせてはならない。大体暗い部屋で一人膝を抱えていては、ロクなことを考えないに決まっている。それに、せっかく与えられた安全な寝床があるのだ。一晩ぐっすり眠れば、いかにナチュラルネガティブ魔法少女と言えど少しは気分も持ち直すだろう。

……持ち直さなかったら、そのときはナツメを頼ろう。彼なら上手くやるだろうと、スピは謎の信頼を預けていた。

＊

シロハの意識はゆっくりと浮上した。

久方ぶりに味わう、起床時独特の浮遊感。曖昧な意識が少しずつ輪郭を描き、自分という人間を形作っていく無防備な時間。満足に動かないふわふわした頭で、シロハはとりとめもなく考えていた。

どれほど眠っていたのだろうか。寝たのは久々だ。夢は見なかった。結局眠ったところで何が変わったようにも思えない。でも、頭は軽い。ふわふわする。それにつられて気持ちも軽い。うん、よく寝たかな。

「ん……うー……」

少し、寝足りない。まだ寝ていたい。この曖昧な時間を、もう少しだけ。

睡眠欲など無かったが、シロハは自然にそう思っていた。布団の中で寝返りを一つ、もう一眠りと目を閉じる。

「…………う？」

寸前、人の気配を感じた。

目を開く。同じ布団でナツメが寝ていた。ああ、なんだ、ナツメさんか。そう納得しかけて、もう一度目を閉じる。

「……はうあっ!?」

シロハは飛び起きた。

昨日知り合ったばかりの殿方と同衾《どうきん》してしまうとは、魔法少女一生の不覚である。食欲睡眠欲よろしく性欲も失って久しいシロハであったが、この状況が何を意味しているかは理解できた。

「え、ちょっと、まって、まって、どういう……!?」

『あ、起きたんだ。おはよー。よく寝てたね』

慌てるシロハの頭上にスピが飛び乗る。ふわふわした前足でぽすぽすされながら、シロハは懸命に理性を取り戻す。そうだ、ここにはスピがいた。スピがいたんだ。だから大丈夫。なにがだ。

「ねえスピ、どうしよう、どうすればいいの……？」

『とりあえず布団から出たら？』

「その手があった！」

シロハは闇の中に光明を見た心地がした。それから、ナツメを起こさないよう慎重に布団から抜け出そうとした。

が。その動きは、他でもないナツメ自身に阻まれた。

「シロハー……」

名を呼ばれ、シロハは硬直する。起こしてしまったのだろうか。いまいちどういった状況なのか理解できていなかったが、この状況は、とても、よろしくない。

「ブループとユリアは……繋がっている……」

「……へ？」

「蟬の謎掛けは……まだ終わってない……」

意味が分からなかった。

ナツメはごろりと寝返りを打つ。なるほど寝ぼけているらしい。起こしてしまったわけではないようだ。なら、今のうちに。

「行くな……シロハ……行かないでくれ……」

そう言われましても。

妙に情がこもった言葉に、シロハはどうするべきか迷った。

「ジェイムス……お前もだ……」

誰だよ。

「ボブ……ミハイル……ヨハンソン……アニー……シロハ……」

頼むからその謎の人名ラインナップに私を加えないでほしい。どうすればいいんだ私は。シロハはひたすら困惑した。

「死ぬほどベイブレイバーやろうぜ……」

もはや意味が分からない。いや、意味など最初から何一つとして分からなかったが。

一度落ち着こうと時計を見る。時刻は午前九時前。シロハは大学の講義が始まる時間は知らないが、今が随分と悠長な時間だということは分かった。

「シロハー……。朝飯何がいい……?」

「あの、ナツメさん。起きてますよね」

「大学行きたくねえ……」

「起きなさい」

シロハが布団を剝ぎ取ると、ナツメは笑いながら起き上がった。完全に確信犯である。

「おはようさん」

「……おはようございます」

『うん、おはよう』

なんでもないように挨拶が交わされる。色々どうでも良くなり、シロハは小さく笑みをこぼした。

＊

ちなみに今朝の事件の内幕を語るのなら、「力尽きて床で寝ていたナツメを、桃子が寝室に蹴り飛ばした」に尽きる。

桃子としては別にええやろと思っていたが、年頃の少女としては大問題であった。怪獣王に少女の繊細な心の機微など分かるはずもない。

「それよりもお前ら、今すぐ出ていけ。早急に出ていけ。一刻も早くここから出ていけ」

桃子に急《せ》かされてナツメは帰り支度を整える。と言っても、持ち込んだものはプニキュア衣装だけだ。さすがにこれで帰るのは、と思っていたら、桃子が着替えを貸してくれた。

「お前、なんで男物の服なんて持ってんだよ」

「うっせえな、なんだっていいだろ。殺すぞ」

「彼氏がいるんだったらそう言え。俺だってわざわざ彼氏持ちの女の家に押しかけようとは思わん」

「んなもんいねえっつの！　殺すぞ！」

「だろうな」

「殺すぞ」

摑みかかる桃子によくよく事情を聞くと、ものすごーく渋りながら、観念したように呟いた。

「……彼シャツってやつ、やってみたかったんだよ」

「ああ……。すまん、聞いて悪かった」

「そんな目で見るんじゃねえ、くそっ……。あたしだって青春してぇよ畜生……！」

　あまりのいたたまれなさにナツメは何も言えなくなった。誰ひとりとして幸せになれない真実だ。世の中には謎のままにしたほうが良いこともあるのだと、ナツメは胸に深く刻みこんだ。

「すまん桃子、世話になった。服は洗って返す。あと、彼氏に求める条件があれば連絡してくれ。友人を紹介する」

「余計な世話焼いてんじゃねえ殺すぞ。とっとと行け、二度と面見せんな」

「あの、桃子さん。ありがとうございました。一宿一飯の恩義は忘れません」

「いいのよ、シロハちゃん。また困ったらいつでもおいで。歓迎します」

　恐ろしいほどの切り替え速度を披露する桃子に蹴り出され、ナツメは大学へと向かう。今日の講義は一限からだが、今更急いでも間に合わないだろう。できないことはできないと諦めて、二限から出席するつもりだ。

「さて、ナツメさん。随分とお世話になってしまいましたが、私はこれで」

「あ、ちょっと待って」

　別れの言葉を口にするシロハをさえぎって、ナツメはあくびを一つ漏らす。

「シロハに会わせたい奴らがいるんだ。悪いがもう少し付き合ってほしい」

「私に……ですか？」

正直、シロハは迷った。これ以上自分がこの人たちと関わり合いを持つのは良くないのでは。そんな懸念がまっさきに持ち上がる。

もとより自分とこの人とは住む世界が違うのだ。だから、この提案は断ろう。そう言おうとした矢先、スピが口を挟んだ。

『へえ。誰に会わせるって？』

「阿呆ども」

『身も蓋もないね。でも、面白そうだ』

「え、ちょっと。スピ、まって」

頭の上にしがみつく相棒はすっかり乗り気なようだった。いつもの慎重なスピらしくない言葉に、シロハは戸惑った。

「スピ、これ以上は迷惑かけられないよ」

『大丈夫だって。それに、僕も興味があるんだ』

「興味って、何に？」

『キャンパスライフってやつ』

無論、方便だ。スピが興味を持っているのはキャンパスライフではなく、シロハが魔力を回復させた要因である。だが、そんなことは露知らず、シロハはあっさりと丸め込まれた。

「キャンパスライフか。悪いが、その要望に応えられるかは怪しい」

ナツメは含み笑いを漏らした。シケた面をニヤリと歪ませると、子どものような無邪気さが瞳に宿る。

「灰色の男たちは、まっとうなキャンパスライフから最も遠い集団だからな」

口ぶりに反して、ナツメは楽しそうな顔をしていた。昨日一日だけでも、シロハはナツメのこの顔を何度となく目にしてきた。そしてその数だけ、この男はロクでもないことを言い出すのだ。

期待が半分、嫌な予感が半分。最後には流されるように、シロハは首を縦に振った。

*

昨日ぶりに招集をかけた教室には、欠かすことなく全員が集まっていた。

灰色の男たち。輝かしきバラ色のキャンパスライフに乗り損ねた、学府最下層の敗北者ども。何一つとして生産的な活動に邁進《まいしん》しない彼らは、腐るほどに退屈を持て余している。来いと言われて来る理由はないが、かと言って来ない理由もない。ゆえに彼らは、呼べばとりあえず顔を出す。

要はこいつら、暇なのだ。

「なあお前ら。俺が言うのもなんだけど、もう少し予定入れたらどうだ？」

初手で煽《あお》ると一斉にブーイングが上がった。はいはい、今日も元気そうで何よりだ。

呼びつけておいてその言いぐさはなんだ、だの。忙しい中時間を作ってきてやったんだ、だの。二日連続で招集をかけたからには、余程の話があるんだろうな、だの。やいのやいのと騒ぐ奴らに、俺は慈愛を込めて微笑んだ。口では威勢のいいことを連ねるが、何をどう言い繕ってもこいつらは暇なのである。無知蒙昧《もうまい》の民とはかくも愛おしい。

とは言え、腐れ大学生どもを長々と愛《め》でる趣味はない。ふとした瞬間に目を醒《さ》ませば、そこに連なっているのはバカ面だ。何故俺はほんの一時でもこんな奴らに慈愛を向けてしまったのだろう。

今世紀最大の自己嫌悪に浸りつつ、俺は本題を切り出した。

「諸君。連日の招聘《しょうへい》に応じてくれたこと、誠に痛み入る。だがそうする必要があったことをご理解願いたい。事は迅速かつ精密な対応を要するのだ。そのために諸君らの助力が必要不可欠であることは、今更語るべくもないだろう」

さもありなん、といった顔で奴らは頷いた。適当におだてておけばひとまず乗っかる。相変わらず扱いやすい奴らで助かるよ。

「手空きの奴だけで構わん。話を聞いてくれるか」

奴らは揃って肩をすくめた。野暮なこと言うなってか。ああ、そうだよな。お前らどいつもこいつも暇だもんな。

「諸君、聞いてほしい。目は閉じなくていい。どうせ言っても閉じないからな。……おい、なんで目を閉じる。閉じるなって言ってんだろ。お前らあれか、反抗期か。俺の言うこと聞きたくない一心だけで生きてるのか。分かった分かった、好きにやれ。お前らは自由だ」

相変わらず協力しようという気概のない連中だった。ったく、心強いことこの上ねえわ。

「灰色にくすぶる男たちよ。深海魚の日々を愉快に邁進し、ハッピーデイなハッピーライフを踊り狂う学府最下層の敗北者たちよ。死骸漁りの日々は楽しいか？　楽しいだろうよ。よく知ってるぜ、そこは存外居心地がいい。何も持っていないからこそ、俺たちに失うものは何もない。つまりは無敵ってことだ」

　ブーイングと歓声の両方が上がる。矜持《きょうじ》も根性も持ち合わせていないが、こいつらは痛みを知らない。よく言えば可能性の塊、悪く言えばただのアホである。

「お前らの胸に宿った炎は何色だ。決して燃え盛るレッドでは無かろうよ。眩いイエローや、情熱を秘めたブルーでもないだろう。灰色の炎《グレイ・スピリット》。お前らが後生大事に抱えてきた仄暗《ほのぐら》い情念、諦めた願望、折れた信念。それらを束ねて、今一度覇天の焔《ほのお》へと変えよう。全ての灰色を焼き尽くす覚悟はあるか！」

　俺の語調が強くなるにつれ、奴らの間をざわめきが駆け抜ける。じわじわと上がるボルテージを肌で感じながら、俺は十七人分の真剣な瞳に正面から向きあった。いや、正確には十六人だ。部屋の奥に陣取っている灰原だけは「何いってんだこいつ」的な目で俺を見ていた。ぶっちゃけ自分でも何言ってんのかよく分からん。覇天の焔ってなんだよ。知らんわそんなもん。

「ああ、そうだ。俺たちが待ちわびた瞬間は今このときだ。今更余計な言葉を連ねようと、全ては蛇足となるだろう。だから、一度だけ言う。よく聞け」

　俺はそれぞれの顔を見た。どいつもこいつもアホ面だ。大学生活を無為に過ごしてきた、何一つ成し遂げられない凡夫の面だ。だが、彼らの目だけは熱く燃えていた。

　そう、それでいい。だからこそ俺は、俺たちは、灰色の男たちなのだ。

「諸君。――共に、プニキュアにならないか」

　まあ頼むことはプニキュアなんですけどね。

昨日玉砕したばかりだったが、今日なら不思議となんとかなる気がした。特にこれと言って勝算があるわけではないが、素敵に無敵な気分なのだ。いけるんじゃないっすかね。しらんけど。

俺は黙して審判の時を待つ。言いたいことは言った。しばしの沈黙の後、一人の男が重々しく口を開いた。

「やっとかよ、ナツメ。俺たちはずっとその言葉を待ってたんだ」

通った。

「ったく、ようやく腹くくりやがったか。遅えんだよ」

「こっちはずっとプニキュアしたくてうずうずしてたんだよ。お前抜きで始めるところだったわ」

「とっとと準備しろ。愛と希望に満ち溢れた明日が俺たちを待ってるぜ」

いやあの、上手くいくんじゃないかとは思ってたけども。この反応はいくらなんでも露骨すぎやしないか。なんだこいつら、気持ち悪っ。

「お前らなんだよその反応。昨日は乗らなかったじゃん。昨日と今日とで一体何がお前らを変えたんだよ」

「その質問には一言で答えられる。統計学の課題の有無だ」

瞬間、俺の体を電流が走った。なるほど確かに、課題の有無は俺たちのモチベーションを大きく左右するクリティカルなファクターだ。それに気がつくと同時に、もう一つ極めて重要なことを思い出した。

俺、統計学の課題、まだ終わってない。だって昨日プニキュアやってたし。

「諸君。聞いてくれ、プニキュアは中止だ。俺には世界よりも大切なことがある」

「ああ、分かってる。世界のことは任せとけ。だからお前は課題を進めろ」

「すまん、必ず戻る。行くぞ灰原！」

俺と同じく課題を済ませていない灰原が颯爽と立ち上がる。どうやら征かねばならぬ場所ができたようだ。

時計をちらりと確認する。タイムリミットまであと一時間。これだけの時間で課題を終わらせることができるだろうか。普通なら不可能だ。だが、俺たちには秘策があった。

この作戦の肝となるのは真心である。誠心誠意思いを伝えれば、願いはきっと届くのだ。プニキュアだってそう言ってた。

さて——。それじゃあ、土下座と洒落込《しゃれこ》もうかァ！

＊

二時間後、俺と灰原は無事全ての課題をやり遂げた。

刻限には間に合わなかったものの、必殺の全身倒置法によって教授の意志を粉砕。一時間の猶予を勝ち取り、見事全ての課題を完遂せしめたのだ。

まるで一仕事終えた後の透き通る夕焼けを目にしたような、清々《すがすが》しい心地であった。凱旋《がいせん》ムードで帰還した俺たちは、やることもなくE－二〇四で転がっていた仲間たちから祝福を受けた。

「我らの前に立ちふさがる最大の懸案事項は、いよいよもって撃滅した。これも皆諸君らの尽力あってのことである。謝意と共にこの言葉を贈ろう。俺たちの勝利だ！」

　わっと歓声が上がる。抱きあって喜ぶ馬鹿どもが、とてつもなく愛おしく思えた。やはり俺たちは無敵だ。俺たちがその気になれば、そこに不可能の文字はない。

「さて、諸君。現段階をもって作戦はセカンド・フェイズに移行する。この調子で世界を救うぞ。準備はいいか！」

　灰色の男たちはすっかり待ちわびてうずうずしていた。いや、何人かは「あれ、今日これで終わりじゃないの？」という顔をしていた。あいにく今日はいつもの馬鹿話だけじゃないんだ。ちゃんと本題がある。

「作戦の仔細《しさい》を話す前に、まずは今回のクライアントを紹介しよう。――シロハ、入ってきてくれ」

　俺が合図を出すと、部屋の扉がぎぃと開いてシロハが入ってきた。

　今日の彼女はパールホワイトのフレアワンピースに、ゆるっとしたジャケットを羽織っている。銀糸のショートはさらさらと流れ、碧緑の瞳は理知的な光を放つ。シックなパンプスでカツコツと靴音を響かせて、彼女は俺の前に立った。

　それから彼女はゆっくりと顔をあげた。

「ナツメさん」

「ああ、なんだ」

「待たせすぎです。もう帰ろうかと思っていました」

シロハは頬を膨らませていた。あ、やっべえ。そういやそうだった。朝から連れ回しておいて、今の時間はすっかり午後だ。いや本当すまん。だって統計学の課題がさぁ……。

俺がすっかりお怒りのシロハさんに平謝りしている間、灰色の男たちは気味が悪いほどに静まり返っていた。放心していた、と言ってもいいのかもしれない。しばらくの沈黙の後に意識を取り戻すと、奴らは七色の反応を見せてくれた。

「何……？　え、何、どういうこと……？　なんでここに女子がいんの……？」

「馬鹿な……！　嘘だろ⁉　そんなことあり得ない！」

「見損なったぞナツメッ！　テメエ、どんな汚い手を使いやがった！」

「女子だとォ⁉　そんな、まさか、本当に実在していたなんて……！」

「いや実在はするだろ」「マジで⁉」「マジだよ三次元に戻ってこい」「マジかよ……」

なんというか、予想どおりの反応だ。シロハが「どうすればいいですか？」としきりに瞳で訴えるので、「近づくと噛《か》み付《つ》くから気をつけて」と答える。彼女は身構えた。

「あーあー、落ち着け。大丈夫だ、安心しろ。お前らの目は確かだ。集団で幻覚を見ているわけではない、ここには確かにシロハがいる。だからあんまり過剰に反応するな。彼女が怯えている」

「怯えてはないです。困っているだけです」

「だ、そうだ。あんまり困らせるな。ほどほどにしとけ」

そうは言ったが、彼らは元気よく騒ぎ続ける。連中が寸劇を繰り広げる間、シロハはずっとひきつった笑いをしていた。放っておくと暴動でも起こりそうな勢いだ。趣味人としてそれはそれで興味があったが、そうも言っていられないので鎮静することにした。

「静かにしろー。落ち着け、言うことを聞け。いつまでも騒いでんじゃねえ。おいだから騒ぐなっつってんだろ。なんで勢い増してんだよ。変なところでやる気出してんじゃねえよ。お前ら本当に俺の言うこと聞かないよな。もういいよ、それでいいよ。俺もそんなお前らのことが大好きだよ」

「あの……。少しだけ、話を聞いてもらえますか？」

奴らは水を打ったように沈黙した。

物音一つ立てず、誰もが真剣にシロハの言葉に耳を傾ける。あまりにも露骨な反応だった。シロハが「ナツメさんが増えたみたい」と小声で呟くと、それを聞きつけた灰原が部屋の片隅で爆笑した。うるせーやい。

「シロハ、自己紹介頼む」

「あ、はい。シロハ・ホワイトと申します。こんな容姿でこんな名前ですが、れっきとした日本人です。ナツメさんとは妙な縁がありまして……」

俺はシロハの肩を叩く。話すべきことはそういうことではない。振り向いた彼女は、ありありと不安そうな表情をしていた。

「ナツメさん……。本当にやるんですか？」

「大丈夫だ。こいつらは馬鹿だが、頼りにはなる」

「そうではなくて。この人たちまで巻き込むというのは、賛同致しかねます」

灰色の男たちに助力を求めると言ったとき、シロハは乗り気ではなかった。

彼女が俺たちを巻き込みたくないのは分かっていた。この子は危機的な状況に他人を巻き込むのを良しとしないのだろう。ましてや、相手が戦闘能力を持たない一般人ならばなおさらだ。

ゆえに彼女は断ろうとしていたようだったが、スピのやつが乗り気だったために、この場所に立っていた。なおそのスピはと言うと、灰原の腕の中で物言わぬぬいぐるみとなっている。野郎とぬいぐるみ。可能ならばお目にしたくない取り合わせである。

「大丈夫だよ。俺ら強いから」

「ただの一般人じゃないですか」

「ただの一般人じゃねえよ。たとえばあいつは将棋でアマチュア二段だ。そっちのそいつはエクセルのマクロが使える。こいつは『ドウブツカード』が破茶滅茶に強い。あいつはすげーぞ、ＸＪＡＰＡＮを原キーで歌えるんだ」

「ただの一般人じゃないですか」

うん、まあ。ただの一般人だけどさ。

でも大丈夫だ。何ができるかなんてものは問題ではない。結局のところ、大切なのは何がしたいかに尽きるのだ。

「それでも俺たちは灰色の男たちだ。燃え尽きた情熱とくすぶった衝動を持て余す暇な奴らだ。心強かろう」

「ここまで何一つとして安心できる要素がない……」

「安心しろって。世界を救うには十分すぎる戦力だから」

シロハは困ったように首を振る。反論を諦めたらしい。しっかりしているようで、なんだかんだ流されやすい少女であった。

そして彼女は、彼らの目の前で魔法少女に変身した。

「もう、どうなっても知らないですからね」

光り輝く純白のドレスに身を包み、銀糸のショートに燐光をまとう。その手に握るは優美な純白の長剣《ロングソード》。むき出しの刀身を持て余したか、シロハは続けて鞘《さや》を召喚した。

カションと鞘に剣を納める彼女を、灰色の男たちは呆然《ぼうぜん》と見ていた。それを意に介さず、シロハは続ける。

「失礼しました、自己紹介の続きです。またの名を、魔法少女ホワイトブランド。普段は世界を守っています」

＊

俺は灰色の男たちに、現在の状況をかいつまんで説明した。

シロハが魔法少女として世界を守っていること。そして、少しばかり戦力が足りないため、次の襲撃に力を貸してほしいこと。ざっくり言えばそんなところだ。

魔法少女がシロハ一人しか生き残っていないことはあえて伏せた。戦力が絶望的に足りていない点にも嘘をついた。まあ、本当のことを教えるのは、今でなくてもいいだろう。

「あの、ナツメさん。やっぱり無理がありませんか？　いきなり魔法少女なんて言われても、とても信じてもらえないのでは」

シロハの懸念ももっともである。確かに信じてはもらえないだろう。こんな話を真に受けるようなピュアさがあるのなら、彼らの人生はもう少しまともだったはずだ。

だが。別に信じてもらう必要はなかった。

「ふん、魔法少女か……。面白い」

一人の男が、額に手を当てた奇妙なポーズでそう言った。

「やれやれ、世界を救うのは俺たちの役目なんだがな……」

「まあいいじゃねえか。今日のところは花を持たせてやろうぜ」

「たまには共同戦線ってのもオツなもんだ。魔法少女のお手並み拝見といかせてもらおう」

この調子である。こいつら別に、情報の真贋《しんがん》なんてものはさして気にしない。面白いか面白くないか、判断基準はそこだけだ。

「ええ……？　あの、あなた方って一般人ですよね……？」

「一般人？　おいおい、伝説のドラゴンボーンと謳《うた》われた俺たちを知らないってか？」

「どらごん……はい？　なんですか、それ？」

「八大神の一柱アカトシュに祝福された存在だ。ドラゴンの魂を吸収し、完全に滅することができる」

「え、ええ？　そんなことができるのですか？」

ゲームの中ならな。

この男が言ったのは一昔前に流行った超大作RPGのお話だ。時間泥棒として悪名高いゲームだが、とにかく暇な灰色の男たちは揃ってのめり込んでいた。

そんなことはつゆ知らず、シロハは真剣に頭を悩ませる。「真龍種を滅するなんて眉唾にもほどがありますが……」なんて呟いていた。真龍種と来たぞ。リントくんのお友達かな。

「あー、シロハ。あんまり真に受けるなよ。こいつら、こういうやつだから」

「真に受けてはいませんが……。ですが、全て嘘というわけでもないのですよね」

「それはそうだけども」

シロハは灰色の男たちを巻き込むことに、少しは乗り気になったようだった。まあ、うん。結果オーライ、かな?

とにかくそんな調子で、相互理解は絶妙にすれ違いながら深まった。こいつらもこいつらで親戚の少女の遊びに付き合っている、とでも思っているのだろうか。まあなんでもいいや。あまり深く考えられても困る。

「でさでさ。実際問題、これからどーすんの?」

教室の片隅に陣取った灰原が言う。机の上に足を載せて、すっかりリラックスしていた。事務員が見れば口から泡を吹き出して卒倒しそうな態度だ。

「ああ、そうだな——。なあ、次の襲撃がいつかって分かるか」

灰原の腕に抱かれたスピに問う。微動だにしないぬいぐるみは、スピネルの瞳を虚空に向けたまま答えた。

『三日と十時間二十六分三十二秒後。それと、人目のあるところで僕に話しかけないで』

いつもより小声でスピは言う。横目で灰色の男たちの様子を窺うに、その声は俺とシロハと灰原にしか聞こえていないようだ。

「お前一応そういう設定はあるんだな」

『面倒事が嫌いなだけさ』

さようですか。

こほんと咳払《せきばら》いを一つ。俺は改めて、灰色の男たちのバカ面を見回した。

「三日後の夜、侵略者が訪れる。俺たちの手でそれを討伐するぞ」

そう宣言したとき、息を呑《の》む音が二つ。スピとシロハのものだった。

それは俺や灰原にとっては今更の宣言ではある。もとより俺たちはそうするつもりだ。だが、彼女にとってはそうではなかったらしい。

不安そうなシロハの瞳と、何かを期待するスピの視線。それから、意味も分からずワクワクしている灰色の男たちを前にして、俺はにやっと気持ち悪い笑みを浮かべた。

*

俺たちの力でリントヴルムを討伐する。そう宣言して以来、シロハさんはすっかりお冠のようだった。

「あのですね、何度も言いましたけど、リントヴルムは本当に危険な相手なのですよ。何人もの魔法少女があいつの手にかかりました。私だって、今はもう逃げ回るので精一杯です」

「今はってことは、昔は相手できてたのか？」

「ええ、まあ……。以前は今よりも魔力が潤沢にありましたので」

シロハは弱々しく微笑む。スピが『ここ最近、ホワイトの魔力は減少の一途を辿ってるんだ』と補足した。

「正直に言いますと、あなたたちを守りながらあれと戦うのは極めて困難です。ですから、もうこの戦いに関わらないでください」

「おいおい、待ってくれ。シロハは俺たちが足手まといだと思ってるのか？」

「……はい。そのとおりです」

らしくなく強い拒絶の言葉。思わず顔を見ると、シロハは両手を強く握りしめて、涙目になって俺を見上げていた。

「私が、言わないといけませんから」

あーあー、悪かったって。そんな顔するなよ。他人を傷つけることに不慣れな少女の頭を撫でる。心配屋さんめ。

「大丈夫だ。俺だって無策で戦いの場に臨もうとは思ってない」

「ですが……。策の一つや二つでどうにかなる相手ではありません」

「灰色の男たちは確かに何一つ能がないロクでなしのクズどもだがな。不可能を可能にすることだけは、昔っから得意なんだ」

「もう。無理言わないでくださいよ」

シロハは相変わらず不安そうだったが、俺たちは準備を着々と進めていた。

一度リントヴルムと交戦したことがある俺と灰原を主体に、灰色の男たちで知恵を出しあって対策を練る。お題は「武装を持たない一般人が、いかにして修羅の国で一週間生き残るか」だ。修羅の国と謳われしかの地でサバイヴできるのなら、リントヴルムぐらいは容易《たやす》く御せるという考え方である。

灰色の男たちは遊び半分ではあったが、俺たちはこの三日で準備を整えた。油断するとすぐに飛散する議論をまとめ上げ、脆《もろ》い友情と無意味な努力を重ねて汚い勝利の方程式を描きあげたのだ。

……まあ、こいつらの集中力が三日も持ったというその一点だけは、評価してやってもいいだろう。

「さて、諸君。いよいよ決戦の日だ。覚悟は良いか」

夜の十時。河原に集まった頼もしくない仲間たちは、気のない返事でそれぞれに答えた。こんな時間に呼び出しやがって、という副音声が聞こえた気がしたが、俺は努めて無視した。

だってしょうがないじゃん。リントくん、どうも夜じゃないと遊びに来てくれないみたいだし。

ああみえて夜遊びするタイプなのよね。

「これまでも繰り返し伝えてきたが、敵の凶悪さは修羅の国人の上級戦士に匹敵する。決して敵を侮るな。並大抵の覚悟では、ヤツの気迫に耐えることすらできないと思え」

「それはいいんだが……。なあ、ナツメ」

「どうした」

一人の男が挙手をする。彼はまっすぐ夜空に掲げた手を下ろし、俺を指差した。

「その格好は何だ」

俺はプニキュア衣装だった。

ひらひらでふりふりなピンクのリボンが風に揺れる。川風がひゅうひゅうと吹くたびに、スカートがまくれ上がって毛深い太ももを露出させていた。今回はウィッグも着用済みだ。準備は万全と言える。

「勝負服だ」

「はあ、勝負服」

「この服をまとった俺の力は、変身前のヒーロー相応まで跳ね上がる」

「一般人じゃねえか」

なお、俺だけではなく灰原のほうも着ぐるみ着用だった。事前にこいつと示し合わせたわけではないのだが、何故か奴は当然のように着ぐるみ姿でこの場に臨んでいた。互いの姿を見たときの第一声は「頭おかしいんじゃねえの？」だった。

「スピ、そっちも準備はいいか」

『準備も何も、僕は結界張るだけだから』

スピは灰原の腕の中だ。いかに着ぐるみ姿とは言え、野郎とぬいぐるみは相変わらずお目にしたくない取り合わせだった。

ちなみにシロハはこの場にはいない。本作戦はあくまでも灰色の男たちが主体となって行われる。近くには潜んでいるが、余程の事態がない限りは出てこないように言い含めてあった。

『それよりも。来るよ』

びょうと風の音が空を切る。河原に吹き付ける風が強まり、ざわざわと下草をかき分けた。

空を見る。美しい半月が浮かぶ夜空に、大翼の影が飛翔《ひしょう》する。翼龍のように力強い羽ばたきと共に、俺のスカートをまくりあげながら彼の者が舞い降りた。

「よう。この前も見た顔じゃねえか」

河原に降りたリントヴルムは、強く翼を薙《な》ぎ払《はら》う。ぶわっと広がる風が同心円状に下草をなぎ倒し、風に吹き付けられた俺たちはたたらを踏んだ。

俺たちの中心に降り立ったリントは、包囲などまるで気にもしないかのように不敵に笑う。鋭い歯の間から、ちろりと赤い舌が見えた。

「こんな夜更けに雁首《がんくび》揃えてどうしたんだ？　子どもはとっくに寝る時間だぜ。ましてやここは、今から戦場になる。どうしても観戦したいってなら止めはしねえが、観戦料はしっかり頂こう。それが嫌なら逃げろ。とっとと逃げろ。それが嫌だと言うのなら――」

流々と語りながらリントヴルムは金色の瞳をくわっと見開く。獰猛な笑みを満面に浮かべて、ジャキンと両手の爪を鳴らした。

「――暁の空に、血を捧げてもらおうかァ！」

ざわっとした。

すさまじい衝撃が俺たちの間を駆け抜けた。この感覚、久しく味わったことがない。リントヴルムが放った名状しがたき波動を受けて、俺たちの産毛《うぶげ》は総毛立った。

「お前……。今、なんて言った……？」

思わず声が出ていた。少し、放心していたかもしれない。無理もない。その言葉は、それほどまでに強い衝撃だったのだ。

「あ？　何って、何のことだ？」

「とぼけるなよ。ほら、今言ったやつだ。暁の空に――」

「血を捧げてもらおうか、と言ったが」

再びの衝撃が突き抜ける。気がつけば俺は、ぶるぶると体を震わせていた。

ヤバい。これは、ちょっと、あまりにもヤバい。ヤバすぎる。緊急事態と言って差し支えない。

「やっべえ……！　おい聞いたか、灰原……！」

「ああ、やべえな……！　ビリっと来たぜ……！」

俺と灰原は顔を見合わせる。灰原は実にニコニコしていた。かくいう俺もニコニコしていることだろう。俺たちは甚だしくニッコニコであった。

「暁の空にィ？」

「血を捧げてもらおうかァ？」

「「かっけえええええええええええええええ!!」」

そう。その言葉は、俺たちの中二心を著しく刺激したのだ。

「ヒューッ！　リントくん、君良いねえ！　ちょっと今のそれもう一回言ってよ！」

「ねえそれ考えてきたの？　決めゼリフだよね？　今日はそれビシッと決める気で来たんだね！」

「おいテメエら！　馬鹿にしてんのか、アア⁉」

してる。

「違うって！　カッコいいじゃん！　なあもう一回言ってくれよ、もう一回！」

「君才能あるよ！　ここまでスカしたセリフを臆面もなく言えるやつ、そうそういないって！」

「お、お？　そうか？　いやだが、これは戦士の名乗りであって、見世物じゃねェからなァ……」

あはは。そうかそうか。戦士の名乗りか。そりゃ大変だ。

中二病なリントくんに俺たちは全力で乗っかった。やんやと囃《はや》し立《た》てれば彼は満更でもない顔をしていた。だよなー。カッコいいこと言っちゃったもんな。いいよいいよ。もっと自信持てって。

「もう一回！　もう一回！」

「だからやらねえってば！」

「もう一回！　もう一回！」

「これは神聖な戦いの宣誓なんだっつーの！」

「もう一回！　もう一回！」

「あーもー、しつけえな！　分かった！　一回だけだぞ！」

「ひゅーっ！」「いええええええええええええええいっ‼」

俺たちはきゃっきゃと喜んだ。目を輝かせ、ワクワクしながらリントくんを待つ。完全に童心に返っていた。

「ったく……行くぞ。さあ、暁の空に――――！」

『血を捧げてもらおうかァ！』

血を捧げてもらおうか、の部分は灰色の男たち総出の大合唱であった。

キマった。完全にキマった。俺たちは涙を流しながら抱きあって喜んだ。未だかつてない達成感が俺たちを包んでいた。柔らかな月光が祝福するように俺たちを照らす。今、俺たちは、最高に輝いていた。

そのとき、こつんと頭に小石が当たる。小石が飛んできた方向を見ると、河原に投げ捨てられたスピが物言わぬ瞳で俺を見ていた。すんません。真面目にやります。

「あー、お前ら。これで満足したら帰れ。とっとと失《う》せろ、邪魔だ」

リントくんは手を払って俺たちを追い払おうとする。ついさっきまであんなに盛り上がったというのに、随分と邪険な扱いであった。そりゃないぜマイメン。

「どうしたリントくん。今日はやけにやる気ないじゃん」

「気分じゃねーんだよ。お前らみたいなのを相手にする気にもならん」

「なんかあったの？」

「うるせーな。お前には関係ねえだろ」

そんなこと言うなって。俺たちもう友達だろ？　何か事情があるなら聞くからさ。力になるぜ、マイメン。そんな思いを込めた瞳を熱く向けると、リントヴルムは億劫《おっくう》そうに手を払った。

「お前マジで何しに来たんだよ。帰れ帰れ。早急に失せろ」

「失せろと言われて失せるわけにはいかねえな。ここにはまだ用事があるんだ」

「ピクニックなら後にしろ。ここは今から戦場に変わる」

「お前を倒しに来たんだよ」

俺は河原で拾ったいい感じの木の枝《エクスカリバー》をリントヴルムに突きつけた。

そのときの彼は、まるで虚を衝かれたかのように、ぽかんと間の抜けた顔をした。それから呆《あき》れたように、はぁとため息をこぼす。

「おい本気か。何勘違いしてんのか知らんけど、お前らじゃ相手になんねぇよ」

「ほう。雨城大学が最精鋭、灰色の男たち全軍を相手にしてそう言ってのけたのはお前が初めてだ」

「最精鋭だかなんだか知らねえが、ゴミはゴミだろ。羽虫がいくら群れようと、龍が相手じゃ戦いにすらならねえ。死にたきゃ殺してやっから後にしろ。魔法少女が先だ」

「ほう。雨城大学が最精鋭、灰色の男たちに面と向かってゴミだの羽虫だの言ってのけたのは、別にお前が初めてじゃない」

「お前らなんなんだよ」

少し同情するような瞳が俺たちに向けられた。やめろ。そんな目で俺たちを見るんじゃねえ。

それでも俺たちが戦意を隠さないのを見ると、リントヴルムは諦めたように頭《かぶり》を振った。

「時間の無駄だわ。分からせてやるから、とっとと来い」

リントくんはちょいちょいと指先で誘う。そう言うならば行かせてもらおう。だがその余裕、いつまで持つかなァ！

さて、リントヴルムと交戦するにあたり、俺たちだって何も無策で来たわけではない。魔法少女と互角以上に切り結ぶような相手だ。そんなヤツを相手にして、真っ向勝負で勝てるとは最初から考えていない。

なので、これでもかというほどに搦手《からめて》を用意してきた。

「投げろ！」

合図と共に投げたのは、一味唐辛子in小さな布袋だ。

陳腐と言うなかれ。唐辛子に含まれるカプサイシンは粘膜に触れると猛烈な痛みを引き起こす。いかに体を鍛えようとも、粘膜を通じて直接与えられる痛覚を鍛えられるはずもない。

その他にも俺たちは色々なものをぶん投げた。スギ花粉の塊。塩素洗剤と酸性洗剤。生卵。消費期限が過ぎて一月が経《た》った牛乳。畳から生えた謎のキノコ。捨て方が分からず、悠久の時を三角コーナーで過ごした生ゴミ《ダークマター》。およそ一人暮らしの大学生が有する全戦力を、ありったけ投射した。

リントヴルムは飛来する有象無象を見て、一瞬眉をひそめた。それから翼を一閃《いっせん》羽ばたかすと、俺たちがかき集めた全戦力は風に阻まれて地に落ちた。

「お前らな。ゴミを投げるな、ゴミを」

呆れたようにリントヴルムは言う。まるで効いていなかった。

「……ふん。少しは楽しませてくれるようだな」

「俺はなんも楽しくねぇけどな」

「良かろう、ならば次だ！　灰色の男たちの恐ろしさ、その身に刻みつけてやらいでか！」

無論、これが全てではない。俺たちにはもう一つ用意してきたものがあった。

いかに生物として強大であろうとも、ヤツの感覚器までもが強大であるとは限らない。人型である以上、外部からの情報取得を五感に頼っているのは疑うべくもないだろう。ならばたとえば視覚聴覚を潰せば、奴は盲目のトカゲに成り下がる。

俺たちが構えたのは季節外れの打ち上げ花火だ。文字どおり、音と光の爆弾である。至近距離でこれを爆裂させられようものなら、前後不覚に陥るのは疑う余地もない。

俺たちは火口に火をつけて、打ち上げ花火の銃口をリントヴルムに向けた。燃え盛る導火線が己の命の灯火とも知らず、あいつは冷めた目でそれを見ていた。

「ケケッ……。良い子も悪い子も真似すんなよッ！」

全六門の花火砲が火を吹く。二発はリントヴルムに直撃し、三発は近くの足元で爆裂。一発は明後日の方向に飛んでいった。

現実世界でこんなことをやろうものなら、俺たちは一発でお尋ね者だ。しかしここはスピが張った人払いの結界の中。人目が存在しないこの場所は、何をやってもお咎《とが》めなしである。して。その戦果の程はと言うと。

「なあ。お前らさ、本当にこんなおもちゃで俺をどうにかするつもりだったのか？」

再びリントヴルムが翼を払うと、火の粉が舞い上がって空に消えた。

無傷だった。火傷《やけど》の一つもなく、ただ眩《まぶ》しそうに目を細めただけで、それ以上のことは何も起こらなかった。

「強がりはやめろよ……！　今のを食らって無事でいられるはずがない……！」

「はぁ……。まあいい、気が済むまで付き合ってやるよ。次はなんだ？」

「次か。へへ、次は、そうだな」

俺は灰色の男たちを振り返る。花火の轟音を受けて前後不覚に陥った奴らは、それでも二つの足で立って強い瞳で俺を見ていた。

ぶっちゃけもう策がない。用意してきた兵器の数々は全て跳ね返された。いやね、花火ぶっ放せば、さすがにどうにかなると思ってたんだよ。だってこれ危ないじゃん。これ以上に危険なものなんてちょっと想像がつかない。

しかし俺たちには、まだ最後の武器があった。俺たちの青春時代、常に傍らにあった少年漫画の数々を思い出す。そこにあったのは、どんなに絶望的な状況にあろうとも最後には必ず勝利を摑《つか》み取《と》る主人公の姿だ。俺たちは主人公にはなれない。それどころか、登場人物にすらなれなかった。

それでも俺たちには、主人公の背中から学んできたものがある。

結局最後は、愛と勇気とド根性。闘魂一発。諦めるまでは負けられない。

「カチコミじゃボケェ！　行くぞ野郎どもォ！」

徒手空拳に魂を込め、俺たちはリントヴルムに突撃した。

「オラァ！　十八人に勝てるわけねえだろ！」

「余裕ぶってんじゃねえぞ！　ヤっちまえ野郎ども！」

「泣いて謝るってなら許してやってもいいんだぜェ!?」

「あーあ。お前死んだね（笑）」

各々の死亡フラグを立てながら、三下集団と化した灰色の男たちはリントヴルムに突貫する。もはやこれしかないのである。リントくんはやはりつまらなそうな顔をしていたが、少しだけ口角を吊り上げた。

「ま、殴りかかる度胸があるってのは褒めてやる」

一瞬。リントヴルムの姿が消えた。

黒い風が河原を吹き抜ける。超高速の何かが動いている、ということだけはかろうじて分かった。その風が吹き抜けるたびに男たちは一人また一人と倒れ、気がつけば俺も草地に寝転がっていた。

倒れていることに気がついてから、ようやく痛みが押し寄せた。腹部に走る鈍痛。殴られたのだ。痛みを自覚した後に、じわっと脂汗が吹き出る。

「もう分かっただろ。とっとと帰れ、お前ら。お呼びじゃねえんだよ」

頭上から降りかかるリントの言葉は、どこまでも冷淡だった。

何もできなかった。結局俺たちには、何一つできなかった。最初から分かっていたことだ。ただの一般人以上にはなれない俺たちに、何ができるはずもない。シロハにも散々言われたことだ。

だけど……。それでも、何かがしたいって思ってしまったのだから。

俺たちには、それだけで十分なんだ。

「まあ……。そうかもしれんけどさ」

腹を押さえて立ち上がる。プニキュア服はボロく破れて、ウィッグも外れて地毛がむき出しになっていた。そんなもの気にもならなかった。

「戦えないってのは、戦わない理由にはならないじゃんね」

同じく伸びていた灰原も、何度かバランスを崩しながら立ち上がる。俺に負けず劣らずボロボロだが、瞳はまだ死んでいない。

「分からねえな。どうしてお前らがそこまでする？　あのメスガキがそんなに大事か？」

「それは違う。シロハのことは大事だが、俺たちが戦う理由はそこじゃない」

理由なんて、今更語るべくもない。

きっかけは確かに、シロハが助けを求めているからだった。その後世界が窮地に陥っていることも知った。しかし今となってはシロハは助けを求めておらず、世界の危機を俺たち一般大学生がどうにかできるとも思っていない。

俺たちがどうにかしたいのは、結局のところ一つだけだった。

「俺たちは、灰色を焼きに来た」

「……灰色？　なんだそれ」

「俺たちが灰色の男たち《俺たち》である理由だよ。後生大事に抱えてきた仄暗い情念、諦めた願望、折れた信念。それらを抱えて生きるには、この世界は少しばかし眩すぎる。だから」

そこに色濃い灰色を抱えた少女がいるのなら。

その灰色を、俺たちが見過ごせるはずがない。

「全部まとめて焼き尽くすことにしてんだ」

リントヴルムはじっと俺を見ていた。

表情一つ変えることもなく、金の瞳から鉱石のような鋭さを放ちながら、ただただ俺を見つめていた。その表情からは嘲りは感じられない。敵意とも似つかない真剣さは、抜身の刃のように俺へと向けられていた。

「それは命をかけてもか」

「他にかけられるものなんてねぇからな」

「そうか。なら、名乗れお前ら」

リントヴルムは俺と灰原の目を見ながらそう言った。

「今一度名乗れ。お前らの名はこの爪が覚えておいてやる。大した力もないくせに、大層な理想を描いて龍に歯向かった愚か者どもの名だ。くだらん生き様を貫いた馬鹿がいたってこと、俺は絶対に忘れない」

「言ってくれんじゃねぇか」

「悪くねぇって意味だよ」

リントヴルムはニヤリと笑う。きっと俺も笑っていた。もう後には退けないってのに、何故だか、後悔は全くしていなかった。

「光の使者・キュアゆうた！」

「光の使者・キュアまさと！」

「俺たちがッ！」

「プニキュアだッ！」

意味のない叫びを空にあげる。それでも七色の光は降り注がないし、不思議な力も湧き上がってこない。だが、そんなものはもはやどうでもいい。大切なのはそんなものではない。

「名乗りを返すぜ。リントヴルムだ。龍星軍《ドラゴニック・フォース》の――。あー、いや。今となってはただのリントヴルムだ」

リントヴルムも名乗りを返す。あの日交わしたやり取りをそのままに、俺たちは再び相対する。

それ以上の言葉は無かった。一陣の風が河原を吹き抜ける。過ぎ去る時間を惜しむように天を仰ぎ、それから俺の敵を見た。

「行くぞ」

「来い」

ギッと地を踏みしめて、走り出す。リントヴルムも同時に駆けた。極限状態で加速した知覚が、彼の動きを捉えた。速い。速いなんてものじゃない。俺たちがあいつに拳を一撃入れる間に、あいつは七度爪を振るえる。彼我の戦力差は絶望的だ。

それでも俺は目を閉じなかった。なにか理由があったわけではない。ただの意地のようなものだ。

だから、俺たちの間に白刃が割り込む瞬間を、俺はしっかりと目にすることになった。

「これ以上は、見過ごせません」

俺と灰原の拳は片手で受け止められ、リントヴルムの爪は白刃に押し止められた。

眩い純白をまとって戦域に降り立った少女と目があったのも一瞬。彼女がそっと手を押すと、俺たちの体は冗談のように後ろに飛んだ。

河原にずとんと尻餅をつく。シロハは剣を携えて河原に立ち、俺と灰原を見下ろした。

「いい加減に、してくださいよ……っ！　もう十分じゃないですか！　これ以上はただ傷つくだけだって、分かったじゃないですか！　なのにどうしてそこまでして戦おうとするんですか!?　こんなの、何の意味もない！」

泣きそうな顔に精一杯の怒りを込めて、不慣れな感情を俺たちに叩きつける。

怒っていた。彼女は、とても怒っていた。口をきゅっと結んで俺たちをにらみつける。どう怒ればいいのかも分からずに言葉を探しながら、それでも彼女は確かに怒っていた。

「よう、ホワイトブランド。ようやく真打登場か。遅かったな」

「邪魔です。あなたは黙っててください」

「……おーこわ」

リントヴルムは肩をすくめる。処置なし、といった様子だ。

「もう嫌なんですよ、誰かが死ぬのも、何かを取りこぼすのも……っ！　失うのも終わるのも消えていくのも、みんなみんな見飽きたんです！　だから……！　お願いですから、こんなこと、も

「ナツメさん、灰原さん。私は、これ以上あなたたちと一緒にいるわけにはいきません」

何度も遠ざけていた言葉が、誤魔化しようもなく突きつけられる。

飛び乗った。

残心を解いたシロハは俺たちのほうを振り向く。彼女はずっと横に手を伸ばし、その肩にスピが
してスピが結界を消した後も、俺たちは黙って空を見ていた。

曖昧な表情のままリントヴルムは空に消えていく。俺たちは彼の消えた先を見送った。しばらく
「今日のところは帰るわ。野暮ったいのもアレだしな……。まあ、その、なんだ。がんばれよ」

いた。

リントヴルムは翼を広げて飛翔する。空に舞い上がった彼は、月夜を背負って曖昧な表情をして
「あー。どうもお邪魔みてえだな」

激情は波のように引いて、ただ静かな悲しみだけがそこにあった。

シロハは怒りの表情を消す。リントヴルムとはまた違う、柔らかく冷たい瞳だった。熱い烈火の
「だからって……。黙って見てるわけには、いかないんだよ」

——それでも、俺たちは。

に、ただ彼女に不要な心配をかけたのは誰だ。俺だ。

俺はこのとき、初めて後悔した。彼女にこんな顔をさせたのは誰だ。俺だ。結局何一つできず
最後は消え入るような声だった。言いきってから、シロハはじっと俯《うつむ》いた。

う、やめてくださいよ……」

遅かれ早かれ、彼女がその決断を下すことは分かっていた。分かっていたけれど、それでもなんとかしたくて、俺たちは。

「これまで、ありがとうございました」

最後に綺麗に一礼して、彼女もまた空に消えていく。一度も振り返ることのないままに。

止められなかった。声をかけることもできなかった。手を伸ばすことすら、できなかった。

河原に寝転がって月を見上げる。半円の月は、それでも俺たちを照らしていた。

＊

見上げた月の色は、そう悪くなかった。

都会ではなかなか見られない、大きく色濃い金色の月。街明かりに負けず輝く月を見上げていると、不思議と心が安らぐような気もしてくる。

そんな言い訳をして、俺は一人で夜道を歩いていた。頭を冷やしたかったのだ。

「なーにやってんだろな、俺」

あの後、俺たちはなし崩し的に解散した。

取り繕うこともできないほどの敗戦だった。こんなつもりじゃなかった、なんて言い訳すらも情けない。結局俺たちは何もできず、ただシロハを悲しませた。

頭の中をぐるぐるする嫌な考えを捨てたくて、ふらふらと街を歩いていた。夜もとっぷりと更けて丑三《うしみ》つ時《どき》。終電もとうにない時間だが、この街はまだ眠らない。俺はボロボロのプニキュア衣装のまま、居酒屋から漏れてくるカラオケに合わせて一昔前に流行った曲を踊ったり踊らなかったりしながら歩いた。

「……マジでなにやってんだよ、お前」

かーもんべいびーと、キレッキレで踊っていた俺の背中に、聞き覚えのある声がかかった。

色気のないジャージにボサボサの頭。似合わない黒縁メガネは変装のつもりか。えっちらおっちらカゴ付き自転車を引くその姿は、鬼ヶ島桃子その人であった。

「桃子か。こんな時間にどうしたんだ」

「コンビニで酒とさきイカ買ってたんだよ。それよりこっちのセリフだ、何やってんだテメエ」

こいつ世間体がどうこう言ってるくせに、この格好でコンビニに行くのはありなのか。さすがにこの時間に知人に会うとは思っていなかったのかもしれない。曲の続きを踊りながら、俺は冷静に分析した。

「おいクソ馬鹿、踊るのをやめろ。ぶっ殺すぞ」

「今いいとこなんだよ。もう少し踊らせろ」

「知るかよ。あぁくそ、話しかけんじゃなかった」

桃子は天を仰ぎ、俺はフィニッシュを決めた。

こんなことをしても気は晴れない。本当に俺は何をやってるんだ。さしもの俺もはたと我に返る。俺にはもっと、やるべきことがあるのではなかろうか。

「桃子」

「なんだ」

「良い夜だな。もう一曲踊らないか」

「ときめくセリフじゃねーか。場と服装と顔を改めてから言ってくれ」

踊った。

酔っぱらいが徘徊《はいかい》する繁華街のど真ん中で、ウィッグが外れたプニキュア服のまま、しみったれた顔で俺は踊った。桃子も心底嫌そうにしながら付き合ってくれた。俺たちの魂を一割くらい込めたユニゾンは、終電を逃した酔っぱらいにそこそこ好評だった。

「はあ……。クソ、満足かよ畜生」

「ありがとう。素晴らしいセッションだった」

「んで、どうしたんだよ。なんかあったのか」

桃子はミネラルウォーターを豪快に飲み干しながら横目で問う。こぼれた水が一滴、筋肉質な首筋を滑り落ちた。

「いつもつまらん顔してると思ってたけど、今日は輪をかけてひでーじゃん。どうした、国士無双にでも振り込んだか」

「どうしたはこっちのセリフだ。なんだよ急に」

「親切な幼馴染が話を聞いてやるって言ってんだ。いらんっつーならあたしは帰る。帰って寝る」

少し驚いた。あの怪獣王桃子に、人心の機微を解することができるとは思っていなかったのだ。日常を闘争に染め上げた悪鬼たちの元女王にしては、随分と有情な申し出だった。

「お前今あたしのこと馬鹿にしただろ」

「そんなことない。桃子にも人の心が分かるのかと驚いただけだ」

「ぶっ殺すぞ」

「そんな顔するなよ。可愛い顔が台無しだゾ」

「意味のないフラグ立てんなクソ野郎。時と場所と顔と人生を改めてから言え」

本気で嫌そうな顔だった。拒絶の中にも嫌悪が交じる、百点満点の表情だ。灰色の男の中には、数ヵ月に一度は女子からこの表情を向けられないと調子が狂うと放言するヤツもいる。だからお前は灰色なんだよ、とは誰も言えなかった。

「そうだな……。桃子、少し相談に乗ってもらえるか。女心と戦士心の両方を解する相手は、桃子しか思いつかない」

「戦士心ってなんだよ殺すぞ」

「俺もう何回殺されればええねん」

桃子のマンションに向かって歩きながら、俺は今夜のことをかいつまんで話した。

とてつもなく重いものを一人で背負い込んでいた奴がいたこと。そいつの力になろうとしたこと。でも、俺たちには結局何もできずに、そいつに拒絶されてしまったこと。魔法少女や世界のことを伏せて話すとなると、どうにもピントがボケた説明になってしまう。

「なんとなく、誰のこと言ってるかは想像がつくが……」

俺がシロハのことを話しているのは、桃子にも察しがついたようだった。

「まあ、なんだ。お前らまーた人助けしてんだな」

「人助けじゃねえよ。やりたいことやってるだけだ」

「お前らさ、やり方さえ選べば案外まともなんだけどなぁ……」

「なんでだよ。俺たちはいつだって最善手しか選んでないぞ」

「社会通念を勘定に入れてから物事を考えろ」

元不良に社会通念を説かれてしまった。うるせーやい。余人が避ける道を貫くのが灰色道ってもんなんだよ。

「っつーかさ、答え出てんだろ」

桃子はセッターに火をつける。路上喫煙禁止区域だったが、彼女は気にもとめなかった。

「とどのつまり、問題はその子の力になろうとしたことじゃなくて、その子の力になれなかったことだろ。分かるぜ。助けを求めるダチのために何もできないってのは、自分が傷つくよりもずっと痛え」

「桃子も経験者か」

「まあな。レディースだのどうのって粋がってても、あたしらには誰よりも敵が多かった。喧嘩ならいくらでも加勢してやるが、社会が相手じゃ手も足も出ねえ。あたしらって、結局子どもだったんだよ」

口ぶりに反して、桃子は昔を懐かしむように笑う。少し大人びた幼馴染の笑顔。見たことのない表情だった。

「そういうときは考えるんだ。何がしたいかと、何ができるかをずっと考える。殴って勝てない相手こそ、勝ち方を考えて考えてとにかく考える。馬鹿だから考えらんねえ、なんて言い訳は誰も聞いちゃくれねえ。やるっきゃねえんだよ、結局さ」

「でもよ……。考えても結局、俺たちには何もできなかったんだよ」

「そりゃ負けることもあんだろ。喧嘩なんだから、勝つか負けるかはそのときになるまで分からん。でも負けたからって、何もかも無駄になるわけじゃない」

桃子の瞳は僅かに輝いていた。こいつは昔っから戦うのが好きだ。争い競って、上を目指す。そのためならばあらゆる努力を惜しまない。そういう女だ。

こいつが最強の肩書を捨ててただの女子大生を望んだのも、彼女なりに考えた末なのかもしれない。戦う場所を変えただけなのだ。かつて勝てなかったものに勝つ力を得るために。

「で、ナツメ。お前は今回、何を得た」

それは答えを求めていない謎掛けだった。桃子はセッターの火を握りつぶして、カゴ付き自転車にまたがった。

「んじゃな。あたしは帰る。お前も適当に帰って寝ろよ」

「……ああ。すまん、世話になった」

「がんばれ」

「がんばる」

桃子はにっと笑って拳を突き出す。ガツンと拳をぶつけると、彼女は勢いよく自転車を漕《こ》いで夜に消えた。桃子の去った方向から、機嫌の良い鼻歌が流れてきた。

＊

結局俺は夜通し歩いた。そもそも終電を逃した以上、家までの十数キロを歩くしかなかった。歩きたい気分ではあったが、これだけ歩けばさすがに足も棒になる。

帰ったらとりあえずシャワー浴びて寝よう。寝て起きたら、きっといろんなことを考えるのだ。

疲労と眠気にひたひたに浸《つ》かった頭で、おぼろげに見えたアパートの入り口をぼんやりと見ていた。

そこに灰原がいた。

「よう」

灰原の手には、二本のマイクが揺れていた。やつは当然のように一本を俺に渡した。スピーカーと接続すらされていないただのマイクだ。電源を入れたところで音は膨らまない。

だが、灰原はそんなものを気にしなかった。ピンと小指を立てた右手でマイクを構え、左手人差し指をまっすぐ俺に向けた。

「YOYO遅えじゃねえかしみったれ　待ちくたびれたぜ百万年」

その瞬間、俺の脳に電流が走った。

ラップである。ラップバトルである。ラップは大学生を大学生たらしめる必須栄養素である。ラップバトルを挑まれておいて尻込みするような輩は、〇〇〇〇野郎の烙印を押されても文句は言えない。目と目があったらラップバトルは、大学生の不文律なのだ。

「ちんけな面してほっつき歩いて　夜通し歩いた気分はドウだ
カビも食わねえ錆《さ》びた面して　お前が見つけた自分は誰だ
いい年こいて自分探したぁ　愉快なママゴトやってんなァ!?」

寝ぼけていた頭が覚醒した。疲労は吹き飛び、眠気は霧散した。

マイクを回すと魂のボルテージが引き上がった。スポットライトを心で感じる。それは眠気と疲労がもたらした幻覚かもしれなかったし、迸《ほとばし》るバイブスが見せた幻想かもしれなかった。

「ママゴトじゃねえよ言ってろ上等　俺はいつだって本気で生きてる
齢《よわい》二十年人間百年　生きてりゃ色々あんだろ人生
嫌なこと悪いこと逃げたくなること　後ろにあるのはそんな思い出
だから俺たちは前を向くんだ　お前はドウだよ灰原雅人ォ！」

俺のアンサーを受けて、灰原は空に手を掲げる。パチンと指を鳴らすと、どこからかアップテンポのエイトビートが流れ出した。いや、実際にはそんなものは流れてはいない。朝もやに包まれた住宅地は静寂だけが流れている。だが、俺たちの脳内に広がるダンスフロアは完全に熱狂していた。

「ヌルいＬＹＲＩＣでイキんじゃねえよ　教えてやろうかラップのイロハ
韻はねえパンチはねえお前には何もねえ　お前のラップは死んだラップだ
リズムに合わせてさあ遊びましょう？　やってろママゴト何が本気だ

そろそろ引導渡してやるよ　ここらで決めるぜデッドロックだ！」

肌が震えた。なんつーパンチラインかましてきやがる。こいつ、こんなに強かったか……？

だが、フリースタイルに躊躇《ちゅうちょ》なんて一瞬すらも許されない。迷いは言葉に表れる。ただ、グルーヴにノってバイブスを叩きつけるのみだ。

「まだ終わらねえよ何千年　始まるんだろ万々年
死んでも死なねえ灰色人生　殺してみろよ存在証明
見ろよ朝日だ日は昇るんだ　何度でも繰り返すREBOOT　&　RESTART
こっから始まる全てに告げる　朝だぞ起きろ！　おはようございます！」

狂騒は波のように打ち上がり、そして、波のように引いていった。

俺たちは静寂の中に佇《たたず》んでいた。突きつけた中指にゆっくりと人差し指が添えられる。リスペクトサインだ。

「ナツメ」

マイクを降ろし、灰原が言う。

「もういいのか？」

「ああ」

言いたいことは全て言った。聞きたいことも全て聞いた。ラップとはそういうものなのだ。俺たちの間に、今更余計な言葉など必要ない。

「最後のおはようございますってなんだよ。あれがパンチライン？」

「ウケるっしょ?」

「しまらねーなぁ」

灰原はけらけらと笑い、両手を広げて空に叫んだ。

「だってよ、お前ら!」

路地からぞろぞろと出てくるのは灰色の男たちだ。相も変わらずシケた面をした、最低で最高のクソ野郎ども。それでもあいつらの眼《め》はギラギラしていた。

「YOYOYO聞いたぜYOYO」

「分かった分かったマジで分かった」

「俺たち最高マジで俺たち」

「行けるぜ俺ら行けるわハンズアップ」

「やめとけお前らラップ下手くそ」

珍妙なリズムを刻みながら練り歩く奴らは一種の公害であった。妖怪かもしれない。少なくとも子どもが見たら間違いなく泣く。だが、そんな面すらも愛おしかった。

灰原が俺の肩を叩く。『なんか言えよ』。そんなウィンクが飛んできた。

「あー、そうだな。お前らに言いたいことは二つある」

言葉を探して、すぐに思い直した。

「いや、一つ目はもう言ったな。そういうこった。お前ら、まさかまだ死んでねえよな?」

喝采。飛び交うリスペクトサイン。

シケた面は景気が悪いが、一度火が付けばよく燃える。こうなったこいつらは簡単には止まらない。敗戦の痛みなんてとうに忘れて、今にも走り出しそうなほど元気に溢れていた。

「それからもう一つ」

起爆剤なんて必要ない。むしろ今必要なのは鎮静剤だ。

「近所迷惑だ。今何時だと思っていやがる」

「あーね」

「あーねじゃなくて」

ほら、行くぞ馬鹿ども。撤収だ撤収。

*

シロハ・ホワイトは打ち捨てられた廃工場の屋上で、一人月を見上げていた。

柔らかな月の光を見ていると、不思議と力が湧いてくるような気がした。時には何かに守られているような感覚もする。だがしかし、同時に何か奇妙な胸騒ぎもするのだ。

月を見上げるたびに抱く奇妙な感覚は、魔法少女たちに共通のものだった。それが何を意味しているのかはついぞ分からなかったが、シロハは強いて正体を突き止めようとは思わなかった。

願うのは、一つだけだ。

「今日も生き残れますように」

手を合わせてなんまんだぶと月に祈る。半分は冗談で、半分は本気だ。

昨日の今日ではあるが、襲撃があることは分かっていた。昨日の交戦では、結局魔法少女も侵略者も何一つ消耗していない。あの場は一旦仕切り直したが、その埋め合わせをするならば、今日だろう。

リントヴルムを待ちわびる間、錆びたトタンの縁に腰掛けてぷらぷらと足を揺らす。オフホワイトのチュニックが汚れようとお構いなしだ。ひょうと風が吹いてストローハットを攫《さら》っていったが、シロハは「あー」とそれを見送って、もう一度帽子を召喚し直した。

その膝の上にちょこんと座したユニコーンのぬいぐるみが、彼女を見上げた。

『ねえ、ホワイト……』

「どうしたの」

『本当に、これでいいの？』

「その話ならもうしたよ」

シロハの顔色は何一つ変わらない。一度決断したのなら、もう迷うことはない。一瞬の迷いが生存率を大きく下げることは経験則として知っていた。

だが、それでは納得しないのがスピである。

『だけど、このままじゃだめだよ。僕らはどんなに低い可能性であろうとも、追い求める必要がある』

「それはそうだけど、でも、やっぱりダメ。他人の命を賭け金にしたギャンブルなんて、私は賛成できません」

『……ギャンブルなんかじゃない。僕は、彼らならできると思う』

「なんで？」

スピは返答に窮した。

昨日彼らと別れた直後、徐々に増加しつつあったシロハの魔力は激減した。しかし時間の経過と共に少しずつ持ち直し、今ではナツメと出会う以前と同程度まで回復した。

スピは魔力と彼らの相関に確信を持っていた。が、何がどう影響するのかまでは読めないというのが本音だ。もし今シロハとナツメが再会して、結果としてこれ以上魔力が減少したら目も当てられない。

『うー……。とにかく、今日が終わったら、もう一回あの人たちと話そうよ。こんな喧《けん》嘩《か》別《わか》れみたいな形じゃ嫌でしょ』

「生き残れたらね。それよりも」

シロハは立ち上がり、空中に文字を書き連ねる。横にピッと指を弾くと、彼女の装いは純白のドレスに変わっていた。

優美な長剣を片手に空を見上げる。一拍遅れてスピが結界を展開し、あたり一帯は人気のない空間へと様変わりした。

「来るよ」

風切り音。空の果てから高速で何かが接近する。一切の減速なく突っ込んでくるそれを打ち返すように、シロハは刃を振り抜いた。

キンッと軽い音が最初に一つ。続いて何十にも積み重なる剣戟《けんげき》が交差する。爪と刃。互いに一歩も引かない斬り合いは、しかし準備運動以上の意味を為さなかった。

襲撃者はバク宙で距離を取り、シロハと相対する。

「よう、魔法少女。今日もいい夜だな」

旧知の仲と挨拶するような気軽さで、リントヴルムは手を上げた。

事実この二人は旧知と言えば旧知である。魔法少女として、侵略者として、大侵略よりも前から何度となく戦い続けてきた。今となっては宿敵とも好敵手とも言える仲である。

もっともあの頃は、シロハの隣には相棒がいたのだが——。相棒すらも失った今となっては一人で立ち向かうしかない。少し寂しいが、それだけだった。

「あなたも懲りませんね、リントヴルム」

「まあな。これが俺の仕事だから。魔法少女を皆殺しにするまで帰るわけにはいかんのよ」

「それはどうも。でしたら、もう少しこの世界を楽しんでいってください」

「はっ。明日の朝にゃ帰るつもりだよ」

リントヴルムはニヤリと笑う。シロハは笑わなかった。ゆっくりと、心を落ち着かせて、没入するように戦意を研ぎ澄ませていく。

今日は調子がいい。いつもよりも体が動く。これなら生き残れるかもしれない。彼女が考えたのはそれだけだ。

一方、傍らに控える相棒はそれ以外のことを考えた。

『仕事？　君、これを何かの仕事でやってるっていうの？』

「おう、白毛玉じゃねえか。なんだお前、俺の仕事に興味があんのか？」

白毛玉なる不名誉な呼び名で呼ばれてスピは若干むっとしたが、表情には出さなかった。もとよりもふもふボディに無機質アイの持ち主だ。顔に出せと言うほうが難しい。

「まあ、仕事だったって言うのが正しいかな。今はもうリストラされて、言っちまえばボランティアみたいなもんだ」

『ボランティア？　なおさら意味が分からないんだけど』

「そう、魔法少女殺しのボランティア。つまりは、あれだ」

ジャキンと爪を鳴らし、リントヴルムは歯を剝《む》く。好戦的な笑みがシロハの首筋に突き刺さった。

「ヒーローってことだよ」

言葉の意味を問う前に、リントヴルムの姿が消えた。

超高速の突撃を、シロハは寸分違わず打ち返す。視覚で姿を捉えたわけではないが、なにせ何度も戦ってきた相手だ。一手先の動きは経験が教えてくれる。

身体性能で言うなら、リントヴルムは並大抵の魔法少女を凌駕する。シロハ・ホワイトも例にもれず、速度・力・耐久力の全てにおいて彼に劣っていた。その差を埋めるのはシロハが持つ天賦の才だ。こと戦いにおいて彼女は一切迷わない。どう攻めるべきか。どう守るべきか。瞬間に生まれては消えていく無限の選択肢から、直感のみで正解を引き続けるのが、シロハという魔法少女だ。

積み重なる最善手は多少の不利を跳ね返して余りある。万死の中で掴んだ一生など、彼女にとっては奇跡に値しない。それは、考えるまでもなく見えている選択肢だ。

いつからこれができるようになったのか、シロハはもう覚えていない。

ただ、彼女は、戦士として完成されていた。

「ハッハァ！　今日は楽しそうじゃねえか、ホワイトちゃんよォ！」

それでも優位に立つのはリントヴルムであった。身体性能の差を押し付けるように、シロハには抗《あらが》えない力をシロハには抗えない速度から叩きつける。

一見戦技を放棄した荒々しい戦い方にも見えるが、リントヴルムにとってはこれが正解だ。小手先の技など、この完成された少女にとっては児戯に等しい。ならばこそ、ただ暴威をもって敵を喰らう。それが龍という生物である。

それはまるで、人が龍に抗うような。

それはまるで、龍が人を潰すような。

純然たる人と龍との戦いであった。

「キヒヒッ……良い……！　いいぜいいぜすごくイイぜェ！　たまんねえよなあ、ホワイトブランドォ！」

幾千と振るわれた暴威を剣一本で捌《さば》ききった少女は、間隙を縫って一閃反撃した。その刃はリントヴルムの鱗に浅く傷を付けただけだったが、間違いなく首筋に入った一撃だ。もう少し回避が甘ければ首を取られていたという事実に、リントヴルムの精神は高揚する。

最近の彼女はつまらなかった。かつて侵略者たちの間で凶光《シリウス》と恐れられた彼女は、ただ逃げ回るだけの矮小《わいしょう》な存在に成り果てた。これがたった二人で真龍種を撃退してみせた怪物の成れの果てかと思うと、無性に悲しくなったものだ。

だが、今日の彼女は動きが違う。剣筋の端々に全盛期の片鱗《へんりん》を感じさせる。

少し、試したくなった。

「ギアを、上げるぜッ！」

力任せに床を蹴り、広げた龍翼で制動する。超加速から急停止へと移る瞬間、狙いすました貫手を放つ。体が得た運動エネルギーを全て乗せた一撃は、キンッと軽い金属音だけを響かせた。

逸《そ》らされた。それはつまり、回避が間に合わなかったということだ。リントヴルムはそれを好機と見た。続け様に放った回し蹴りは体重移動で避けられ、お返しとばかりに刃が振るわれる。

牽制《けんせい》以上の意味はない一撃だ。リントヴルムならば軽々と回避ができる。

だからこそ、踏み込んだ。

「上等ッ！」

リントヴルムの脇に刃が入る。痛打である。だが、彼女が晒した後隙は決して軽くなかった。

踏み込んだリントヴルムは、顎下目掛けて超速の掌底を放った。今度こそシロハに躱す術はない。捉えた。リントヴルムはそう確信した。

それを見て、シロハの瞳は僅かに揺れただけだった。

「よいしょ」

軽い掛け声と共に、シロハはやはり最善手を取った。

まず剣を捨てた。体を僅かに沈め、足を強く踏みしめる。体の位置が沈んだことで、掌底の狙いは顎から少し上に移動した。ちょうど額のあたりだ。

そして放つは気合一閃。掌底を正面から打ち返すように、全力の頭突きをお見舞いしたのだ。

「ていやーっ！」

「うおッ!?」

砲撃のような重低音。激突の衝撃をもろに受け、リントヴルムはたたらを踏む。シロハはと言えば、衝撃を上手に逃がして後退していた。捨てた剣を召喚し直して、今は片手で額をさすっている。

「あたた……」

「お前……。無茶すんなぁ」

「根性です」

得意気に微笑む少女に、リントヴルムは全盛期の彼女を幻視した。

そうだ。元々ホワイトブランドという魔法少女は、どこまでもマイペースな少女だった。何があろうとも動ぜず屈せず、どんなピンチも彼女自身にしか分からない最適解でくぐり抜ける。曲芸じみた芸当で周囲の度肝を抜いては、時折得意気な笑みをこぼすような。そんな少女だったのだ。

「それで、リントヴルム。今日もお遊びですか？」

シロハの言葉にリントヴルムは驚く。まさか、手を抜いていることを指摘されるとは思っていなかった。

　リントヴルムはまだ本気ではない。本気のリントヴルムはもっと速く、もっと強い。以前シロハの隣にもう一人の魔法少女が立っていたときは本気で戦うこともあったが、相棒を失い片割れとなってしまった今のシロハに本気を出すのは気後れする。

　それは何故かと言われれば、感傷のようなものなのかもしれなかった。

「……そうだよなぁ。いつまでもこんなこと、やってらんねえよなぁ」

　リントヴルムは月を見上げる。反吐《へど》が出るほどに忌々しい光だ。この星はなかなかに面白い場所だが、あの光だけはいただけない。いっそぶっ壊してやろうかと何度も思ったが、あれには絶対に関わるなとかつての上司からは強く禁じられていた。

「なあ、魔法少女。ここが終着点だって考えたことはねえか」

「はあ、終着点。死ぬにはいい日だとは毎日思いますけども」

「ちょっと違う。俺たちとお前らは長い間ずっと戦い続けてきただろ。そういう意味の終着点だ」

　リントヴルムは頭をかく。自分の考えをまとめるのはあまり得意ではない。

「俺たちの戦いにはいくつもの誇りがあった。いくつもの信念が砕けていった。そうした長い戦いの果てにあるのが、俺とお前が立っているこの場所だ。だから」

　これは侵略者ではなく、リントヴルムとしての言葉だ。かつての同僚たちはこの考えを理解しないだろう。だから彼らは、本国からの命令が撤回されたときに我先にと帰還していった。

　だからこそ、リントヴルムが魔法少女を襲撃する理由は、彼だけのものだ。

「ちゃんと、全部終わらせたいじゃねえか」

戦いの中で散っていった顔ぶれを思い返す。良いやつもいた。いけ好かないやつもいた。気合だけが先走りして犬死にしたやつもいた。覚悟もできていないのに戦場に立つやつもいた。それらは全て、敵味方平等に存在していた。

侵略者も、魔法少女も、共に同じく意思を持つ生命である。現にこうして話も通じる。寝ぼけた平和主義者《パシフィスト》の言い分だって、今となっては分からないでもない。

そんなことは分かっている。だが、それでも決めた覚悟がある。

「この戦いに決着をつけねえと、散っていった英霊たちに申し訳が立たない。俺たちも、魔法少女も、全ての戦いが終わるまでは安心して眠れないだろ」

「だから、この場所が終着点だと？」

「そうだ。俺とお前は、全ての英霊が見守る戦場に立っている。だからこそ、生半可な決着をつけるわけにはいかない」

願わくば、全身全霊のホワイトブランドと戦いたい。それをもって戦いの決着としたい。いつしかリントヴルムはそう考えていた。

ここ数ヵ月徐々に弱くなっていくシロハを見て、それは叶《かな》わぬ願いと悟っていた。しかし、今日の彼女は今までとは格段に動きが違う。おそらくそれは、あの馬鹿野郎どもと知り合ったから。だったら、もう少しだけ待ってみても――。

「どうでもいいですよ」

リントヴルムの感傷を、シロハは一刀で切り伏せた。

「あなたが何をどう想《おも》おうと、私は世界を救う魔法少女です。あなたが世界の敵ならば、私はあなたを倒します。それ以上はありません」

「お前な。少しくらいは何かを感じなかったのか？」

「感傷に身を任せて何になるというのですか。ここは戦場です。どんな正義を掲げようとも、より強い力を持つほうが生き残る」

「ははっ……。そうかよ、そりゃいいや」

あくまでも戦士としての言葉に、リントヴルムは口元を緩める。やはり、ホワイトブランドは他の魔法少女と比べても別格だ。彼女の中には純白の覚悟がある。最後の獲物を務めるにふさわしい相手だった。

「そうだよな。お前にとっては、俺たちこそが世界の敵だよな」

彼女の言葉に思わず共感してしまう。こういうところ、自分は戦士としてまだ未熟なのだと、リントヴルムは自省した。

『ねえ、待って。それってどういう意味？』

「あ？　なんだよ白毛玉。何のことだ」

『リントヴルム、一つ確認したい。君は、自分こそがヒーローで、魔法少女が世界の敵だって思ってるの？』

「そりゃそうだろ。俺たちには俺たちの正義がある。そのためには魔法少女は必ず殺さないといけない」

そこまで答えてふと思い返す。確かこれは機密事項だった。魔法少女自身に魔法少女の危険性を認識させることは、絶対に避けなければならない。それは世界の崩壊を急速に近づける。

舌打ちを一つ。喋りすぎたようだ。

『それはどういう――』

「質問には答えない。それよりもホワイトブランド、近いうちに決着をつけよう」

リントヴルムは翼を広げる。そろそろ空も白んできた。今日はここまでにしよう。

「次の満月にまた会おうぜ！　ありったけの覚悟を決めてこい！　つまらねえ死に方するんじゃねえぞ、最後の魔法少女！」

一方的に吐き捨ててリントヴルムは空へと消える。朝日から逃げるように飛び去る彼を、シロハとスピはただ黙って見送った。

*

というわけでシロハちゃんを探しに行きましょう。

早朝ラップの翌日に、俺たちはそんな約束を取り付けた。ここ数日は夜間に活動していることもあり、生活リズムはすっかり昼夜逆転している。そんな都合もあって、集合時間は夕方にしていた。

これは想定内なのだが、やはりというかなんというか、待ち合わせた連中は誰ひとりとして来なかった。まだ眠いだとか今起きただとか、そんな情けない連絡がスマホ越しにビンビン入ってくる。おいおい頼むぜやる気あんのかマイメン。

十数分も待ったところで俺は考えた。あいつらを待つことよりも、俺にはもっと有意義な時間の使い方があるのではないか。もう一人でも探しに行こう。そうするべきだ。

「お兄さん、お暇そうですね？」

ふらっと、声がかけられた。

まるで気まぐれに声をかけた女はこちらに顔も向けなかった。手に握ったスマホをたぷたぷと叩いて、何かの携帯ゲームに興じている。いや、何かの携帯ゲームではない。あれこそは一大社会現象を巻き起こした伝説のゲーム、ドウブツＧＯである。

「いや、もう行くところだが」

「待ち合わせをされていたのでは？」

「そうは言っても来ないからな。俺たちにはそれぞれの人生がある」

「待ち合わせ一つで人生論と来ましたか」

女はちらりと顔をあげた。袖を捲り上げたジャケットにスポーティなスニーカー、大きめの腕時計とボディバッグがカジュアルな雰囲気をまとめ上げる。そこを上品なロングフレアスカートが崩し、かえって全体のレベルをぐっと引き上げていた。控えめな茶髪のミディアムもよく似合っている。キャスケット帽と黒縁メガネも似合っているのだが、どことなく変装っぽさを感じなくもない。

「じゃ、行きましょうか」

女は、当然のようにそう言った。

こう言っちゃなんだが俺たちは初対面だ。互いの名前も素性も知らない。だが、何を隠そうこの俺は大学生である。とりあえず行っとけ的な大学生マインドに従って当然のようにそれを受諾――しなかった。

するわけがないだろ常識で考えろ。初対面の相手が急についてきたら怖いじゃねーか。

「めっちゃ急じゃん。どうしたの」

「そういう気分なので」

「逆ナンなら他当たったほうがいいぞ。こう言っちゃなんだが、俺の顔をちゃんと見たのか」

「そう思われるのが嫌なので、一番しみったれた人を選んだんですよ」

なるほど理にかなってる。言うじゃねーかこの野郎。

女は一度スマホを降ろした。黒縁メガネの奥に揺れるこげ茶色の瞳が、さして興味も無さそうに俺を見ていた。

「心配しなくとも理由は二つあります。一つは、私もすっぽかされたのです。待ち人来たらず。今朝の星座占いは十二位でしたので、まあ、最初からこうなるだろうなと思っていました」

占星術を行動予測に取り入れる二十一世紀離れしたライフスタイルだった。

「すっぽかされた同士奇妙な連帯感とかあるじゃないですか。ほら、そんな感じの。衝動に身を任せてみたくなったんですよ」

「なるほどよく分かった。完全に理解した」

「理解していただけましたか。ノリましょう、このグルーヴに。ＹＯ」

俺は彼女の胸に熱く燃え盛る大学生マインドを感じ取った。要は、彼女は凄まじく暇を持て余しているということだ。それ以上の言葉は必要ない。俺と彼女は魂で繋がったと言っても過言ではなかった。

「それで、もう一つは？」

「ああ、それなら語るべくもありませんよ」

彼女は再びスマホを持ち上げて、画面を俺に突きつけた。

「このあたりのドウブツは全て捕まえてしまいました」

「トレーナーだったか」

「ハンターです。乱獲を無上の喜びとします。たとえ相手がドウブツであろうとも、何かの生殺与奪権を握るのって気持ちよくないですか？」

「全年齢向けゲームに猟奇的な楽しみを見出《みいだ》すのやめーや」

＊

女は、名を音無《おとなし》彩夜《さや》といった。

スマホをたぷたぷと叩きながら、音無は俺の後をてくてくついてくる。行き先は完全に俺任せだ。時折立ち止まってはドウブツを捕まえる以外は特に何かをしようともしない。

「本当に暇なんだな」

「そんなことないです。限られた余生を満喫しております」

「人生を締めくくるにはまだ早い」

俺はシロハを、音無はドウブツを求めて草むらの中をざくざく進む。川沿い、藪《やぶ》の近く、木々に囲まれた社の中。こうして当てもなく街を探検していると麦わら帽が欲しくなってくる。こんな俺にも、ただ歩くのがどうしようもなく楽しかった毎日があったのだ。いい感じの木の枝を指先でくいっとしならせて、在りし日の郷愁にしばし浸った。

「それが今日のエクスカリバーですか？」

「貴様……〝理解《わか》〟るのか……？」

「いえ、微塵《みじん》も理解できませんが。男の子ってそういうの好きですよね」

そうだよ好きなんだよ。文句あっか。俺はご機嫌で木の枝をぶんぶん振り回した。わっほーい。

「というか、どうしてこんなワイルド溢れる道を歩くのでしょう」

「え、こういうところのほうがドウブツ多いんじゃないの？」

「虫が多いので私は嫌いです」

……おう。そうですか。

この辺にはシロハもいないみたいだし、場所を移そう。確かドウブツ探しは自然公園みたいな場所がいいんだっけか。ここからだとちょっと遠いんだよな。まあ、散策がてらゆっくり歩いて向かうことにしよう。

「ところでナツメ先輩は何を探していらっしゃるので？」

「ちょっと家出娘をだな……。先輩？　今先輩って言ったか？」

「はい。雨城大学二年の棗裕太先輩ですよね？」

なるほど名探偵だったか。どうやらこちらの素性は筒抜けのようだ。俺は首をすくめてふっと笑った。

「驚いたよ音無さん……。参考までに聞かせてもらいたいのだが、一体どこで知ったんだ」

「いえ、私も雨大なので。ナツメ先輩結構有名人ですよ？　雨大には大学生活を歩み損ねた闇人たちが集う秘密結社があり、その首魁こそが棗裕太その人であると」

「なるほど。素性を知られた以上、貴様を生きて帰すわけにはいかなくなった」

「やだ……まだしにたくないよう……」

「諦めるな諦めるな」

そう言う間も、音無の指は熱心にドウブツを捕まえている。白い指がすいっと滑ると、ボールがぽーんと跳ね上がってドウブツが捕らえられる。こうしてまた一匹の小動物が生殺与奪権を奪われた。なむ。

「それで、どんな娘を探しているのですか？」

「手伝ってくれるのか？」

「旅は道連れですから。世に情けなんてありませんけど」

「それは音無さんがこの俺を知らないってだけだ。言うてみ、何があったんや」

「財布落としました。ついさっき」

「シンプルにくっそキツいやつ来たな」

　こんなところでゲームやってる場合かお前は。探せ探せ。

　俺たちの足跡を辿ること十数分。財布は社で見つかった。賽銭《さいせん》を投げるときに落としたようだ。

何しとんねん音無ちゃん。

「ナツメ先輩。あなた、ひょっとしていい人ですね」

「音無さんはポンコツだな」

「好きになっちゃいそう」

「どんなマッチポンプだよ」

「ダメですかね」

「ダメでしょうよ」

　完全に棒読みである。しかもこの間、音無はスマホから顔をあげようともしなかった。本当になんなんだこの女。

　そんなこんなをしている間に俺のポケットでスマホが震えた。灰原からの連絡だ。ようやく駅についたらしい。

「すまん音無さん。俺の待ち人来たわ」

「そうですか。行ってください、私を置いて。この薄ら寒い俗世に私を捨てて、あなた一人でも心安らぐ友の下へと向かうべきです」

「めっちゃ後ろ髪引くじゃん」

「あ、連絡先交換してもいいですか？」

「ええよ」

音無彩夜の連絡先を手に入れた。やったー。

……連絡先を交換したはいいが、果たしてこの先の人生でこのアドレスを使うことはあるのだろうか。通り魔的に巡りあって、半ば強引に暇つぶしにつきあわされただけな気がする。結局シロハも見つからないし、一体この数十分はなんだったのだろう。俺の人生ってなんなんだろう。

「ナツメ先輩」

去り際に音無は一つ言い残した。

「探すなら駅向こうがいいですよ。廃ビルが乱立しているあたりです。みずがめ座の占いにそう出てました」

「俺かに座なんだけど」

「かに座の占いにもそう出てました」

まじかよ。すげーな占星術。

それではと簡単な挨拶を置いて、音無はするっと背を向ける。スマホをかばんにしまって、振り向くことなく彼女はさくさくと去っていった。

……本当になんなんだ、あの女は。

＊

駅前にて灰原と合流し、俺たちは街へと繰り出した。

なお、結局他の奴らは来なかった。どいつもこいつも適当に理由をつけてドタキャンした。あの野郎ども、本当に頼りになる奴らだよこんちくしょう……。

「すまんなー。結構待ったっしょ？」

「いや、大丈夫だ。退屈はしなかった」

「なんかあったの？」

「見知らぬ女と街中を徘徊しながら小動物を捕獲して回っていた」

「急に怖い話をするな」

実録・怪奇ドウブツハンターの女。ささやかな怪談とはこのような街の片隅より生ずるのだ。

まあ、音無のことは今はいいや。それよりもシロハだ。ぶっちゃけ彼女がいそうな場所なんてとんと見当がつかなかったが、今の俺はさる筋より情報を仕入れていた。

「駅向こうだ。駅向こうに行くぞ」

「いいけど、あっこにシロハちゃんがいるの？」

「俺の待ち人はそこにいるらしい。最先端の占星術がそう言ってた」

「占星術だって……？　ナツメお前、物質文明に逆らう気か」

「ああ。世界への反逆と行こうじゃないか」

雨城の街は駅を境界に二つの顔を持つ。開発が進み華やかな駅前と、時代から取り残された駅向こう。昔ながらの町並みとはよく言うが、その実仕事のほとんどを駅前に奪われた灰色の町だ。

駅向こうの濃厚な灰色は僅かなバラ色すらも拒絶する辛気臭さがある。諦観に身を落としきり、空を見上げることすらも諦めてしまった停滞がある。灰色に甘んじながらもバラ色を求めてあがき続ける俺たちとは、似て非なる灰色であった。

「なあ。本当にこんなとこ探すの？」

「シロハは基本ホームレス生活だからな。廃ビルが多いこの辺を探すのは案外理にかなってるかもしれない」

「あの年でホームレスかぁ。魔法少女って大変だなぁ……」

駅向こうをうろつくこと小一時間。俺たちはこの辛気臭い町にワンダフルな偶然の出会いを期待していたわけだが、実際あったのはインセクトな突然の出会いばかりであった。もうあっちこっち蜘蛛《くも》の巣《す》だらけだし、よく分からん虫が飛んだり這《は》ったり群れたりしている。きっとこの町では人間よりも虫のほうが強いのだろう。我ら人類が支配者の座を追われるのも時間の問題だった。

「いないみたいだけど」

「もっとよく探せ。そこの石の下とか、廃材と廃材の間とかにいるかもしれないだろ」

「んなとこめくっても虫しかいねぇよ」

めくった。大量の虫が出てきた。

こうなると分かっているのに、人は何故石をめくろうとするのだろうか。きっとそれは我らが遺伝子に天岩戸伝説が刻みこまれているからかもしれない。そこに閉じられた岩があるならば、宴会を開いてでもこじ開けるのが大和魂というものだ。

『……君たちさ、何してんの？』

俺たちがインセクトを相手に生存権を賭けた熾烈な戦いを繰り広げていると、聞き覚えのある声がした。

「ちょうどいい。スピ、手を貸せ。世界を人の手に取り戻すぞ！」

『可能な限り関わりたくないんだけど』

「さあ、Aボタンを連打してヒーローに変身だ！」

『回避不可のチュートリアルに巻き込むのやめろ』

俺たちは戦った。

襲い来るインセクトを相手に孤軍奮闘。されども勢いを増す敵勢を見て、辛くも戦略的撤退の判断を下した。くそっ、人は虫に勝てないとでも言うのか。覚えてろよゴミ虫どもが……！

『で。君たち一体何してんの？』

「はあ……はあ……。シロハを、探してたんだよ。ああくそっ、無駄な汗かいた」

『なんで？』

なんでって、そりゃあ。そんなこと決まっている。むしろスピがなんでそんなこと聞くのか分からなかった。

「俺たち、仲間だろ」

つかの間の沈黙。それからスピは小さく頷いた。

『いいよ。ついてきて』

「お、案内してくれんの？」

『大体の場所はね。昨日はあの廃屋にいたんだけどもう場所移したみたい。あの子、毎日住む場所変えてるから』

「そりゃまたどうして」

『通報対策。これまで児童相談所に突き出されそうになったことが何度か』

なんつー生活しとんねん。魔法少女って世知辛い……。

先導してってく歩くスピは終始無言だった。何故彼が俺たちに協力するのか疑問に思ったが、俺たちは聞かなかった。いや実際には灰原のやつが「なんで協力してくれるん？」と聞いたが『仲間……だから？　いや、ごめん、今の忘れて。言ってみたら思ったより気持ち悪かった』などと極めて微妙な返答が来たので、最初から聞かなかったことにした。

『ここだよ。あの子ならこのあたりにいるはず。待ってて、ちょっと探してくるから』

「いや、それには及ばない。狼煙《のろし》を上げれば一発だ」

『狼煙なんて伝わるわけないだろ』

「ナツメ、駅の伝言板に書こう。それなら確実だ」

『近頃の子は伝言板なんて使ったことないでしょ』

え、まじで？　シロハって伝言板にＸＹＺって書いたことないの？　まじかよ、あれ日本人の義務教育だと思ってたのに。時代は変わるもんだなー。

「エコーロケーション」

『やれるもんならやってみろ』

「モールス信号」

『どうせ君ＳＯＳしか知らないだろ』

「量子テレポーテーション」

『量子物理学を極めてから出直してこい』

「大きい声で叫ぶ」

『くそっ、こんなんでも一番マトモな意見なのがニクい……！』

そんなわけで叫ぶことになったのだ。

スピは『え……？　まじでやるの……？』って顔をしていたが、まじでやる。天よ恐れよ地よ慄《おのの》け。我ら天下無敵の大学生なり。

「ぷにきゅあああああああああああああ！」

「がんばえええええええええええええええ！」

「うるっさいですよっ！」

ぷにきゅあが出てきた。

中空に出現したシロハは、俺と灰原の頭をパシンとはたいて着地する。おお、お見事。

彼女の服装はまた少し変わっていた。ゆるっとしたＴシャツを腰のあたりで縛り、上からＧジャンを羽織っている。ボトムスはデニムのショートパンツにサイハイソックス、それからダークグレイのスニーカーだ。ふんわりした銀糸のショートボブと、抜けるように白い肌。スポーティな装いもよく似合っていた。

というかこの子、何着ても似合うなー。なんたって素材が良い。さすがは魔法少女である。

そんな風に呑気に観察していた俺たちの手を、構わずシロハは摑み取った。

「こっち、来てください！」

「お、お？　どうした？」

「いいからっ！　早く！」

細腕に似合わぬ馬力を発揮し、彼女は俺たちを引きずりながらラッセル車がごとく突き進んだ。

近くの廃ビルに引きずり込まれ、階段を削るように駆け上がること三階。無人となった事務所に到着し、シロハはようやく立ち止まった。

「はあ……はあ……っ。急に、階段駆け上がんのは、さすがにキツいって……！」

「体力ないですねー。灰原さん、運動足りてます？」

「痛いとこつくなー……」

灰原のやつがへばっていたが、俺も似たようなものだった。インセクトバトルとの連戦でこれはキツい。日々の不摂生がこういうときに祟《たた》るのだ。ジョギングでも始めようか。いや、俺の場合どうせ数日でやらなくなるわ。

「シロハ。なんで、急に、走り出したんだ？」

「さっき、このあたりを警察がうろついてました。歩き方からしておそらくは巡回でしょうが、あなたたちに騒がれると面倒になりそうです。少し息を潜めてください」

「嫌な感じに手慣れてんな……」

世界を救う魔法少女が警察の目に怯えて暮らしているという現実に、俺は無性に悲しくなった。なんていうかなー。世の中ままならないものですね。きっと信じたって夢なんて叶わないんだ。世界は今日も薄汚れている。

シロハは座面の破れた事務椅子を引《ひ》っ摑《つか》んで座った。俺たちが座る場所はなかったので、埃《ほこり》まみれの床に直《じか》で座った。

「で。何しに来たんですか」

ぷくっと頬を膨らませ、腕組みをしながら彼女は問う。全身で「私怒ってます」を表現していた。可愛い。

この俺、棗裕太は確かに灰色の男ではあるが、女性の扱いに不慣れというわけではない。誠に遺憾ながら鬼ヶ島桃子なる怪獣王を幼馴染に持つ身だ。怒れる女性の扱い方など、百も承知であった。

「なあシロハ。なんか食いたいもんあるか？　お兄ちゃんがなんでも奢ってやる」

「は？　何の真似ですか、それ。馬鹿にしてます？」

「ごめんちょっと今のなかったことにしてもらっていいですかお願いします」

一刀両断であった。くっそ、桃子なら大体これでなんとかなるんだがなぁ……。少なくともシロハは感情と食欲が一致した単純人間ではないらしい。この敗戦は、いい年してコンビニのレアチーズケーキなんかで釣られる桃子にも責任があると思う。許さねえぞ鬼ヶ島桃子。

「なあシロハ、聞いてくれ」

「今度舐めた口きいたら叩《たた》き出《だ》しますが、なんでしょう」

大変に物騒な前置きだが、俺は怯《ひる》まない。

「俺たちは、シロハの力になりたいんだ」

「…………。邪魔です。いないほうがマシです。善意だけの味方ほど迷惑なものはありません」

シロハは明後日の方向を向く。それでも彼女ははっきりと言った。だから俺は、言葉を続けた。

「見くびってもらっちゃ困るな。俺たちが何もできないと思っているようだが、それは大間違いだ」

「でも、何もできないじゃないですか」

「そんなことはない。俺たちには大きな夢とか未来への希望とか、そんなものがいっぱいに詰まっているんだ。何もできないはずがない」

「中学の卒業式で無償配布されるアレが役に立つんだったら、世の中みんな幸せに暮らしています」

絶体絶命魔法少女の手にかかれば、学校教育もご覧の有様である。

これどうすっかな、灰原さんよ。シロハちゃんってば本気で俺たちのことを足手まといだと考えてるみたいだぜ。こうなったらもうやるしかないよな。いっちょ聞かせてやろうぜ、俺たちが持つ輝かしい武勇伝の数々を。

アイコンタクトを飛ばす。しかりと頷いて、灰原はキメ顔を作った。

「聞いてくれシロハちゃん。これでも俺は小学生のとき、かけっこでクラス最速の男だった」

「過去の栄光にしてももうちょっと何かなかったんですか？」

灰原は一撃でマットに沈んだ。

寸鉄人を刺すとはまさにこのことだろう。見事なまでのノックアウトだった。悲しき友の散り様に、俺は涙を禁じえない。おのれ魔法少女ホワイトブランド。どうやら貴様を侮っていたようだ。

良かろう、この棗裕太の全力を見せてくれる。

「で、ナツメさんは？」

「……小学生の頃は生物委員だった」

「小学生の頃の話は聞いてないです」

「クラスで育てていたニワトリが野良猫に食われたとき、生物委員だからってだけで俺の責任になった」

「心中お察ししますが、その話はもっと聞いてないです」

くっ……！　こいつ、手強《てごわ》いぞ……！

精神に大きな負荷を受けた俺は、心臓を押さえながらふらふらと立ち上がる。倒れ伏していた灰原も、瞳に仄暗い光を宿して立ち上がった。へへ、そうだよな。こんなところで負けてられないよな。行くぞ灰原、総攻撃だ！

「ストⅡならやり込んだ！」

「どうせ待ちガイルでしょう」

「日本投げ縄研究会に所属している！」

「なんですかその、年間会費が無駄に高そうなニッチ団体」

「これ！　おばあちゃんからもらった魔除《まよ》けのお守り！」

「既に魔除けできてない気がしますが、大切にしてください」

「かめはめ砲の練習に本気で取り組んだことがある！」

「それは誰でもやってます」

俺たちは力尽きた。

全ての誇りを打ち砕かれ、体がバラバラになって倒れ伏した。もうだめだ。唯一の心の拠《よ》り所《どころ》だった日本投げ縄研究会まで否定されてしまった。辛《つら》いときも苦しいときも投げ縄があれば乗り越えてこられたのに、それを失った人生なんて何の価値もない。もう死のう。投げ縄で首を吊ろう。

俺が絶望の淵《ふち》に沈もうとしていたとき、灰原は強く拳を握った。彼の目はまだ死んでいない。ズタボロになった体を奮い立たせ、起死回生の一手を放ったのだ。

「待てよ……。今、かめはめ砲の練習を、誰でもやっていることだと言ったな……！」

「はあ、言いましたが」

「だったらシロハちゃん、君もやったことがあるんだな……⁉　かめはめ砲の……練習を……ッ！」

「……っ」

シロハの表情が曇る。図星を指されたのだ。そんな顔をしていた。

とたん灰原が勢いづく。行け灰原、ここで意地でも巻き返すのだ。強靭《きょうじん》な意思を持って、ヤツは一気呵成《いっきかせい》に畳み掛けた。

「それなら見せてもらおうかァ！　魔法少女が放つ全身全霊のかめはめ砲ってやつをよォ！」

「なんでそんな話になるんですか⁉」

「おいおいかめはめ砲も見せられないっていうのかァ？　こいつァとんだ恥ずかしガールじゃねえかよォ！　見てえよなァ、シロハちゃんが秘めやかに放つ恥ずかしーいかめはめ砲をよォ！」

「その言い方止めてください！　なんなんですか⁉　全く意味が分かりませんよ⁉」

灰原は横目で俺を見た。舞台は整えた、お前が決めろという意味だ。灰原が繋いだ決死のパスを俺は確かに受け止める。

「やめとけよ、灰原。シロハが困ってる」

「あァ……？　でもよォ」

「灰原」

「……チッ」

灰原はわざとらしく舌打ちをし、俺にしか見えない角度でウィンクを飛ばす。すまん灰原、今度コーヒーでも奢ろう。

「シロハ、悪かったな。あいつ、かめはめ砲のことになるとちょっとだけ興奮しちまうんだ」

「ええ……？　あのマンガがお好きなんですね……？」

「だが……。よかったら見せてやってくれないか。俺も見てみたいんだ、シロハのかめはめ砲を。このとおりだ、頼む」

俺はシロハに頭を下げた。

まずは強く要求し、それから低姿勢で再度お願いする。これぞ泣いた赤鬼作戦。ドア・イン・ザ・フェイスとも言う。魔法少女と言えど所詮は小娘、大人の交渉術の前に為《な》す術《すべ》などあるはずもない。このとき、俺たちは勝利を確信した。

「嫌ですよ。正気ですか？」

もうやだ。おうちかえる。

生きる希望を失い、俺たちはさらさらと灰になった。ああ、なんと無情な世だろうか。俺たちはただかめはめ砲を見たいだけなのに。そんな儚《はかな》い願いすらも叶わない。世界は今日も残酷だ。

『ねえ、君たちさ。ここに何しに来たんだい？』

呆れたようなスピの声に、俺たちは本来の目的を思い出した。そうだった。かめはめ砲の前に我を失っていた。しょうがないじゃん、だって男の子なんだもん。

こほんと咳払いを一つ。仕切り直して、灰原が再度アタックを仕掛ける。

「そうだね……。確かに俺たちでは頼りないかもしれない……！　だけど……！」

ゆっくりと這《は》い上《あ》がりながら、灰原はシロハを見上げる。弱々しい動きだ。だが、ヤツの目はまだ死んでいない。

「この三人は……！　世界で誰よりシロハちゃんの力になりたいと願っている三人なんだ……！」

「ごめんなさい。かめはめ砲に執着する方には助けられたくないです」

灰原は死んだ。

もう二度と起き上がることもないだろう。さらば友よ。お前は最期まで勇敢だった。

灰原の死を無駄にするわけにはいかない。友の仇《あだ》を取るべく、俺は気力を振り絞って這い上がる。

「そうだな……。確かに俺たちでは頼りないかもしれない……！　だがな……！」

「え、それもう一回やるんですか？」

はい。もう一回やります。

「この三人は……！　世界で誰よりシロハの助けになりたいと願う三人なんだよ……！」

「ごめんなさい。日本投げ縄研究会の会員には頼らないと決めています」

俺は死んだ。

魂が引きちぎられる痛みを味わい、俺は死んだ。投げ縄は俺の魂と言っても過言ではなかった。辛いときも苦しいときも、投げ縄さえあれば乗り越えてこられた。それを否定された今、俺が生きる意味なんてない。

だが、このままでは終われない。俺たちには最後の希望がある。頼む、スピ。もうお前しかいない。お前が俺たちの仇を取るんだ。

俺と灰原の澱《よど》んだ情念を受けて、スピは一瞬怯む。しかし首を振って覚悟を決め、四肢を踏ん張って悪魔《シロハ》へと立ち向かった。

『そうだね……。確かに僕たちでは頼りないかもしれない……。でも……！』

「スピ。それ以上この人たちに毒されたら、嫌いになるよ」

『ごめんなさい』

「よろしい」

スピはあっさり寝返った。

壊滅であった。灰色の男たちが喫した完全なる敗北であった。やはり俺たちのような似非《えせ》プニキュアでは、本物の魔法少女に敵《かな》うはずもないのだ。ちくしょう……ちくしょう……！

「……あはは。あー、もう。本当に全く……。男の子ってバカだなぁ」

そのとき、シロハは楽しそうに笑っていた。

俺は顔をあげようとして、彼女に頭を押さえられた。しかし、一瞬だけ、彼女の目元に少しだけ光るものが見えたような気がした。

「もう少しだけ、そのままでいてください。少しでいいので……。うん、よし、大丈夫」

頭が解放されて、俺と灰原はゆっくりと立ち上がる。窓枠から差し込む夕日を背負って、シロハが立っていた。燃えるような夕日に頬を濡《ぬ》らして、困った顔のシロハが俺と灰原をじっと見ていた。

「ナツメさん、灰原さん。どうしても私と一緒に戦うつもりですか」

シロハは澄んだ瞳で俺たちを射貫《いぬ》く。

怒るでもなく、喜ぶでもなく、突き放すでもなく、受け入れるでもなく。しっとりと落ち着いた声で、あるがままに問いを投げる。彼女は俺たちの答えを待っている。ただ、それだけのことが、俺の胸に得も言われぬ感情を湧き上がらせた。

「当たり前だ」

「簡単ではありません。とても難しくて大変です」

「簡単だからやるとか、難しいからやらないとか、そういうのじゃない。やりたいんだよ。だからやる」

「あなた方には不可能です」

「不可能を可能に変えるのは得意なんだ」

彼女の表情は変わらない。淡々と、端然と、まっすぐな言葉を突きつける。

「負けるかもしれません」

「負けねえよ」

「死ぬかもしれません」

「死なねえよ」

「私は……。あなたたちを、見捨てるかもしれません」

「見捨てさせねえよ」

きっとシロハは、何よりも失うことを恐れていたのだろう。

再び仲間を失うくらいなら、最期の日々を孤独に過ごすことを選ぶ。どれほどの喪失を経ればそここに行き着くのだろう。それは俺には分からない。分からないが、どうしようもなく色濃い灰色がここにあることだけは、嫌というほどよく分かる。

だから俺は。俺たちは。この灰色を焼き尽くすと決めたんだ。

「……本当に、バカなんですから」

「よく知ってる」

「死ぬのが怖くないのですか？」

「怖いさ。でも、大切なものを守れないほうがよっぽど怖い」

そう答えると、彼女はふわりと微笑んだ。

小さな白い花が開くような淡い笑み。彼女の目にはもう拒絶の意思はなく、柔らかな表情が夕日に濡れる。

「だったら、私と同じですね」

そのとき、シロハの中から何かが溢れるのを感じた。

とても清廉な何かだ。触れることをためらうほどに純粋で、力強く、純白な気配が周囲に満ちる。薄汚れた廃ビルの一室に溜《た》まった饐《す》えた空気は払拭され、まるで聖域のように浄化された空気がヒヤリと肌を撫でた。

『ホワイト……。君、魔力が……！』

「ん。なんか、調子出てきたみたい」

『調子出てきたどころじゃないよ！　この魔力、二年前と同じ、いや、ひょっとしたらそれ以上……!?』

スピの驚愕《きょうがく》を意にも介さず、シロハは俺に小指を差し出す。その指先にも白い気配が漂っていた。

「死んだら許しません。たとえ何があろうとも、どんな理由があったとしても、絶対に生き残ってください。絶対に絶対に生き残ってください。それが最低条件です。約束できますか？」

「……ああ、約束する。俺たちは、絶対に死んだりしない」

「よろしい。私はもうこれ以上仲間の十字架なんて背負いたくないんですから、お願いしますよ。本当に」

「分かってるっての」

俺とシロハは小指を絡める。由緒正しき指切りげんまんだ。これで約束を破ろうものなら針千本を吸引する義務が生じるわけだが……。まあ、なんとかなるっしょや。

俺は灰原と顔を見合わせる。一件落着ですけど、どうですか灰原さん。そうですかお腹が空きましたか。打ち上げにパスタでも巻きますかね。そんな相談をアイコンタクトで飛ばしていると、思い出したようにシロハが聞いた。

「そういえばナツメさん。ナツメさんの大切なものってなんですか？」

「……は？」

予想外の質問。思わず虚を突かれた。

「私も手伝いますよ。仲間の大切なものは、私にとっても大切なものですから」

お、おう。そうか。それはどうもありがとう……じゃなくて。

まさかこいつ、本気で言ってるのか。察してないのか。俺が守りたいものなんて、一つしかないじゃないか。

どう答えるか少し迷って、俺は黙ってそれを指差した。

「ええと……」

シロハは俺の指先を追いかけて後ろを振り向く。その先に何もないことを確認し、もう一度俺に向き直る。何度見返そうと、俺の指先が示すものは一つだけだ。

それから小首をこてんとかしげて、ようやく察した。

「…………私？」

当たり前だっつの。

＊

それはパスタの暴力であった。

膨大な量のカルボナーラが凄まじい威圧感を放ってテーブルに鎮座していた。大ぶりのベーコンが豪快に転がり、絡みつくホワイトソースがさらなる重みを付け足す。脇にはブラックペッパーとパルメザンチーズの小瓶も控えていて、出番を今か今かと待ちわびていた。

美味《おい》しそうだ。それは間違いない。だが、俺とシロハの顔は盛大にひきつっていた。

何を隠そうそのカルボナーラは、皿ではなく大鍋ごと供されたのだ。

「おい灰原。これ絶対三人で食べきれる量じゃないだろ」

「大丈夫だって。この前五人で来たときは余裕だったし。三人でもいけるっしょ」

「算数からやり直せ馬鹿野郎」

シロハに至っては完全に無言であった。未知なる世界を目にした彼女は、ただただ無言で天を仰いだ。おい待て、簡単に諦めるんじゃない魔法少女。

「本当に死ぬほどパスタ食いに来たよな、お前な」

「せやで。テンション上がらん？」

「ぶっちゃけアガるわ」

ひゃっほーう！　カルボナーラだー！　めっちゃあるぜー！　いえーい！

俺たち脳みそ小学生。細かいことは気にしない。まあ、なんだ。がんばりゃいいんだろ。むしろ燃えるわ。

「ええ……？　あの、正気ですか……？」

「シロハちゃん、怯んでいる暇はないぜ。カルボナーラは冷めると魔物になるからな」

「それを分かっていて、何故カルボナーラをチョイスしやがりましたか」

分かる、俺には分かるぞ灰原。分かっているからこそカルボナーラを選んだんだろ、お前は。

ここで無難にペペロンチーノなんて選ぼうものなら、それはカルボナーラから逃げたことを意味する。その時点で敗北しているのだ。仮にも灰色の男とあろうものが、そんな真似ができるはずもない。

そんなわけでパスタと格闘すること小一時間。鍋の三分の二ほどを平らげたところで、俺たちのペースは格段に落ちていた。

「くそ……まだこんなにありやがる……」

「やっばいね……これちょっと、勝てないかも……」

「あの……。私、もう、これくらいで、ギブ……」

弱気なことを言うシロハに、俺は無言でトングを手渡した。シロハは泣きそうな顔で俺を見る。ダメだ、撤退は断じて認めない。玉砕するまで吶喊《とっかん》あるのみ。

『君たちさ……。なんていうか、とことんバカだよね……』

シロハの頭上でスピ様が睥睨する。死屍《しし》累々な俺たちを見て、関わりたくもないといった様子だった。なんでい、バカなことしちゃ悪いんかい。それが大学生ってもんやろがい。

「ねえスピぃ……。お願い、代わりに食べてよ……。私、もう、ほんとに無理なんだよぉ……」

『そんなこと言われましても』

「ちゃんと良い子にするからぁ……。お願い……一生のお願い……」

『無理なものは無理だよ。このぬいぐるみボディにどうしろって言うのさ』

スピはシロハの頭をぽすぽす叩いた。撤退は許されず、救援が送られることもない。ここが我らの死地と知れ。シロハは涙をのみ、鍋に渦巻く大量のパスタにトングを伸ばした。良いガッツだ。

『龍人種《ドラゴニア》の彼には見せられないね。あの誇り高き戦士に敵と認められた君たちが、こんなところで悲鳴をあげてるだなんて』

「むしろリントくん来ねーかな。あいつにもパスタ食わせたいわ」

『お花畑か君は』

いやだって、リントくんもパスタ食いたいと思うよ。食いたいか食いたくないかで言えば食いたいじゃん。敵とか味方とかそういうのいいから、とりあえず一緒に飯食おうや。な。そしたらもうダチっしょ。世界平和も叶って一石二鳥っしょ。

『もう平和ボケとかそういう次元超えてる……』

「スピ。ナツメさんを理屈で考えちゃダメ。この人は、こういう生き物だから」

「褒めるな褒めるな」

『褒めてない』「褒めてないです」

褒めてないの⁉

衝撃の真実に俺は愕然《がくぜん》とする。なんてこったい。褒められてなかったらしい。ほんまかー。つらたん。

打ちひしがれる俺の肩を灰原がそっと持つ。ありがとう、お前は本当に良いやつだな。お礼にカルボナーラやるよ。遠慮するなって。俺がトングを獰猛に構えると、灰原は蟷螂《とうろう》拳の構えを取った。

「ほう……。その構え、ついにお前の本気を見れるってわけか」

「ああ。どっからでもかかってこい……！」

『ねえホワイト。この人たちはどうして戦い始めたんだ？』

「お願いだから私に聞かないで」

俺はトングをカチカチ鳴らして威嚇する。パン屋で一度これを行えば、パンどもが一斉に震え怯え出す恐怖の儀式だ。しかしそこは灰原も歴戦の猛者、歯茎をむき出しにしてこれに応じた。膠《こう》着《ちゃく》状態が続くことしばし。この間、シロハとスピは徹底的に他人のフリをしていた。

『それでホワイト。魔力の調子はどう？』

「んーと……。ちょっとは復調してきたみたい？」

『そっか、良かった。いやあ本当に、一時はどうなることかと思ったよ』

廃ビルでの一件の直後、シロハの魔力は激減した。らしい。

直前まで俺にも感じられるレベルで隆起していた魔力が、何故だか一瞬にして目減りしたのだ。魔力がどうのって言われても正直ピンと来ないが、状況的に見てその原因は俺たちにありそうだ。

……ううむ、よく分からん。そんなに変なこと言ったかな、俺。

『でも困ったね。一時はリントヴルムも倒せそうなくらいの魔力があったのに、一瞬でなくなっちゃった』

「別にいいよ。魔力があろうと無かろうと、私は世界を救うだけだから」

『ホワイトはブレないね……。でも、魔力があるに越したことはないし、何か原因が分かったら教えてほしい』

「了解。でも、今はこれからについて話そうよ。具体的には満月の夜に向けた対策を」

シロハは皿に盛られたカルボナーラを横に除《の》け、俺たちに昨夜のことを話した。彼女、俺たちと別れた翌日に、単独でリントヴルムと交戦したらしい。その場では引き分けに終わったが、満月の夜に決着をつけようと約束したのだと。

決着の日に満月を選ぶとはリントくんも粋なことをするもんだなーと。灰原とカルボナーラを賭けた死闘を繰り広げながら、俺はそう思った。

「ナツメさん、灰原さん。私は真面目に話しているのですが」

「ああ、そうだな。ちゃんと聞いている」

「戦うのをやめなさい」

「それはできない。戦闘は俺たちの本能だ。戦うことのみが存在証明なのだ」

「やめなさい」

やめました。

で、満月の夜ね。大体一週間後か。準備期間としては不足はない……が。何を準備するかについては、これから考えないといけない。

「なあナツメ、今回は何をやるんだ？　また牛乳雑巾グレネードでも用意するか？」

「あんなもの通じるわけないじゃないですか。前回みたいないい加減な作戦で挑むんだったら、置いていきますからね」

「そんなことしないって。前回の敗因はもう分かってる。同じ轍《てつ》は踏まんよ」

結局のところ、致命的だったのは攻撃力の問題だ。

俺たちの手札には、リントヴルムに対しての有効打が一切無かった。だからまずはそれを用意しなければならない。まず何をするにしても、人間を超越した力を持つ怪物に抗しうる強力な武器か手段が必要になる。

「銃とか、爆弾とか、戦車とか。そういった明確な力があれば勝負になるかもしれないが」

「そんなものどうやって手に入れるんだよ」

「だよなぁ」

欲しいと言って銃火器が手に入るほど、伊達《だて》に法治国家はやってない。俺たちただの大学生が多少知恵を絞ったくらいで手に入るのなら、世の中はもっと物騒になっている。

「いやでも、あるところにはあるんだ。なんとかして手に入らないだろうか」

「自衛隊基地にでも忍び込むつもり？　さすがにそれは無理じゃないか」

「正攻法ならな。でも、俺たちには魔法があんだろ？」

横目でスピを見る。一つ思いついたことがあった。マジカルパワーを使えばあながち不可能でもないかもしれない。

『何を期待してるのか分からないけど、そんな都合のいい魔法はないよ。あったとしても不法行為に手を貸すわけにはいかない』

「人権もないくせに妙なことを気にする」

『なにをう。僕だって動物愛護法で守られてるんだぞ』

動いて喋るぬいぐるみって動物愛護法の適用対象になるんですかね。そもそもお前は動物扱いでいいのか。気になるところだった。

「難しいことを頼むつもりはない。ただ、人払いの結界ってあるだろ？　あれ使って基地内を無人にしちまえば、武装を拝借するくらい簡単だろ」

『あー、なるほど。でも、あの結界って結構癖あるよ？　不可能とは言わないけども』

ふうん、癖ね。俺はスピに説明を求める。

『あの結界って、実のところ瞬間的に鏡面次元を展開してるだけなんだよ。現実をそのまま写し取ったパラレルワールドを作ってる、って言えば分かるかな。だから、次元についての知識が少しあったら簡単に入り込めちゃう』

「鏡面次元……？　よく分からんが、なんか結構高度なことやってんだな」

「実際すごいんですよ。魔法のことなら私よりもスピのほうが何枚も上手ですので」

『魔力量が絶望的に少ないから、実戦じゃあんまり役に立たないけどね……』

謙遜すんなよ相棒。俺や灰原なんか結界も魔法も使えないんだぞ。それでも元気いっぱい生きている。

『で、ここで気をつけてほしいんだけど、展開する鏡面次元って使い捨てなんだよ。結界を解除するってことは、鏡面次元を破棄するってことだからね。だから結界内での変化は原則的に結界の外に持ち出すことはできない。これが何を意味するか分かる？』

「分からん。大学生に考える脳があると思うなよ」

『……たとえば君が結界の中で銃を持ち出したとして、結界を解除したら持ち出した銃は元の場所に戻るってこと』

なんだって⁉

それは一大事だ。俺は弱々しいおつむをフルに回転させて理解に努めた。スピが魔法で鏡面次元を展開して、その中でどんな変化を起こしたとしても、結界を解除して鏡面次元を破棄すれば何もかも元に戻ってしまう……？　うんうんなるほど、そういうことね。分からん。

「なあスピ、結界内での変化が元に戻るんだったら、結界内で俺たちが怪我《けが》しても治るってことか？」

『良い質問だね。僕たち基底現実から鏡面次元に転移してきた実体は、結界を解除した際に鏡面次元から基底現実へと再転移するんだ。だから、鏡面次元での状態変化も受け継ぐよ』

「……日本語で頼む」

『僕たちは怪我したって治らないし、死んだらそこでおしまい。だから気をつけるように』

オーケー分かった。完璧に理解したわ。

つまりあの世界ではあれこれぶっ壊しても問題ないけど、俺たちはそうでもないってことだ。なるほど、だとしたらもっと面白いことがやれるかもしれない。それこそ戦車よりも派手なこと、とか……？

「なんか思いついたって顔してる」

「ロクでもないこと考えてなければいいんですけど」

『そこは間違いないんじゃないかなぁ』

仲間からの信頼が厚くてナツメさんは嬉《うれ》しいよ。

まあいいや。これについては後でじっくり考えよう。何も急ぐことはないし、それよりも今はもっと大切なことがある。

「さて、灰原。そろそろいいんじゃないか」

「そうだね、もう十分でしょ。いつでも行けるぜ」

「……？　今度はなんですか？」

俺と灰原はシロハに向けて、銃口のようにトングを構える。

忘れてもらっちゃあ困るな。俺たちには立ち向かわなければならない敵がいるじゃないか。

「決まってんだろ。カルボナーラの時間だよ」

「たっぷりあるよ。好きなだけ食べるといい。遠慮なんてさせないから」

「ひっ……!?」

腰を浮かせるシロハの肩を摑み、俺は丁重に座らせた。逃がしゃしないよお嬢さん。

シロハはかたかたと震えて俺を見る。涙目であった。そんな彼女に、俺は笑顔でトングを手渡した。さあ、休憩は終わりだ。そう宣告すると、彼女はいよいよ泣き出した。

＊

かくして俺たちは世界を救う聖戦士となったわけだが、だからと言って大学生活を疎《おろそ》かにしていいかと言えば、そういうわけにもいかない。講義に出なければ出席日数が増えない。出席日数が増えなければ単位も出ない。あまりにも明朗な世界の理は、一般的な大学生たる俺たちの前に冷然と立ちふさがっていた。

　ぶっちゃけ退屈だ。世界創生の日より大学の講義とは退屈なものと定められている。が、最近の講義はそれに輪をかけて退屈であった。ああ、なんたる諸行無常。俺には早く帰ってシロハと遊ぶという崇高な使命があるのに。何故いまだに俺は講義室に縛り付けられねばならぬのか。これぞまさしく学府の横暴に他ならぬ。今こそ決断の時だ。断固たる覚悟を持って単位を投げ捨て、颯爽と講義室を立ち去るのだ。やあやあやあ。我こそは灰色の男にその人ありと謳われし、経済学部二年棗裕太であるぞ。いざ行かん。

　そんな空想に逃避したりしなかったりしつつ、俺はアメリカ経済史の講義を乗りきった。まあ、うん。単位は大事だよね。許せシロハ。恨むなら文部科学省を恨んでくれ。

「次は現代資本主義論か……」

　今日の講義はあと二コマ。俺の安息はまだまだ遠い。ため息をついて、俺は次の講義室に移動した。

　受講時のポジショニングは講義室の真ん中ちょっと左に座るのがマイジャスティス。前方は真面目に講義を受ける学徒の聖域であり、後方は講義中でも馬鹿騒ぎをしたがるバラ色どもの動物園だ。どちらにも染まらない灰色の俺は、その中間でほどよく講義をサボることにしていた。

「お邪魔するよ」

　その女は返事を待たず、俺の隣に腰掛けた。

　綺麗な子であった。ふわふわした金色のボブに、漆黒のストローハットを乗せている。アイスブルーの瞳はぱっちり開かれ、口元は機嫌よくにやついていた。表情からにじみ出る無邪気さとは裏腹に、瞳はどこか見透かすような鋭さを放っていた。滑らかで、可憐《かれん》で、冷笑的な少女だった。

背丈は中学生くらいか。とても大学生には見えない。着ているのはゴシックな趣味が入った漆黒のワンピース。足元まで黒のローファーという徹底っぷりだ。首に巻いた黒いチョーカーに金の鈴がぶら下がり、それが黒猫を強く意識させた。

「棗裕太くんだね。少し、お時間いいかな」

「いいや、人違いだ。俺の名は山田《やまだ》・マキシマム・爆龍太《ばくりゅうた》。棗裕太ならそこのあいつだぜ」

俺は名も知らない誰かの背中を指差した。彼女は俺から視線を外すことなく、二度瞬きした。

「山田・マキシマム・爆龍太くんだね。少しお時間いいかな」

「……悪かった。その名で呼ぶのは勘弁してくれ」

「とっさに偽名を使うのは結構なんだけど、もう少し何かなかったの？」

彼女はいたぶるように微笑んだ。手強いぞこいつ。一筋縄ではいかなそうだ。

言わずもがな、俺はこの女に最大級の警戒を向けていた。これほど目立つ容姿なのに、俺は彼女を学内で見た覚えがない。おまけに彼女は俺の名を知っている。怪しい女が俺にピンポイントで接触してきたのだ。これで泰然としていられるほど呑気なつもりはない。

「なあ、あんた。名前は」

「私？　私は田中《たなか》・ヘルファイア・牙王丸《がおうまる》。眷属《けんぞく》からは畏怖を込めてガオちゃんと呼ばれている」

「どうやら俺たちは出会うべくして出会っちまったようだな……」

俺は彼女を受け入れた。他人という気がまるでしなかった。ここにコーラ瓶があれば、カシュッと王冠を開けてグイッと乾杯しただろう。ガオちゃんにならば俺の全てを教えても構わないとすら思えた。そう、これまで誰にも言うことのなかった、あの話だ。

「俺さ。小学生の頃、好きな女の子がいたんだ」

「何故《なにゆえ》突然小学生の頃の話を始めた」

「その子にだけ、当時大事に育てていたカナヘビを見せたんだよ。喜ぶかなって思ってさ。そしたらガチ泣きされて、その後卒業まで一言も口きいてくれなかったよね」

「心中お察しするけど、率直に言って私は今リアクションに困っている」

「それ以来俺のあだ名はカナヘビ男だ。何故か他の学年にも伝わって、二年下の名前も知らない女子が、俺の顔を見ただけで泣き出したこともある」

「ああ……。うん、辛かったね。で、これ、何の話なの？」

「その後帰りの会で吊《つ》るし上《あ》げられて、その子の教室まで謝罪に行かされた」

「やめろ……！　分かった、もう分かったから！　君は悪くないから、もうそれ以上言うな！」

なんでだろう。涙が止まらないんだ。教えてくれよ、ガオちゃん。俺は一体どこで間違えたんだ。多分最初から間違えてたんだろうな。どうしてあの日の俺は、女子はカナヘビを見たがらないことに気がつけなかったんだろう。だって男子の間じゃ大人気だったんだよ、カナヘビ。ラブリーじゃん。

「あ、どうも。雨城大学二回生の棗裕太です」

「この流れからなんでもないように自己紹介するんだ……。古森《ふるもり》鏡子《きょうこ》。よろしく」

はいはい、古森さんね。よろしくね。

「それで、何の用なんだ？」

「やっと本題に入れる……。君のことは知っていたけど、正直ここまでとは思わなかったよ。あの子はよく君みたいなのに付き合えるね」

「あの子？　ボンジョルノのことか？」

「誰だよ」

ボンジョルノではないらしい。となると、シロハのことなんだろうけど。

あー、うん。察しはついていたけど、やっぱり魔法少女関係者だよな、こいつ。はてさてこの女、敵か、味方か。

「介入か、観測か。どっちだ」

以前リントくんが言っていたことを聞いてみる。言葉の意味は知らないが、試金石にはなるだろう。

彼女は俺の問いかけに動じることなく、不敵に微笑んだ。

「それは侵略者の派閥を指す言葉だ。だがあえて答えるなら、どちらでもない。君と同じだよ、棗くん」

「……ふうん。だったら仲良くやれるかもな」

「当然。私は君と友達になりにきたんだから」

侵略者に派閥……？　どういうことだ。侵略者って奴らは一枚岩じゃないのか？

俺たちが実際に相対した侵略者はリントヴルムだけだが、あいつのバックに大きな組織があるというのは頷ける。だが、リントヴルムが所属しているものとは異なる組織があるってことか……？

胸に浮かんだ疑念が表情に出ていたのだろう。古森鏡子は僅かに苦笑した。

「少なくとも、私は君の味方に位置する人間だよ。私の目的は君の目的と近いところにある。と言っても、これだけじゃ信じてくれないかな？」

「おいおいマイメン、冗談はよしてくれ。俺がこれまで古森さんを信じなかったことがあったか？」

「疑ってますって顔してるけど」

肩をすくめる。手強い相手だ。少しでも気を抜けば簡単に表情を読んでくる。こういう輩はできるだけ敵に回したくない。

「口で言ってもしょうがないか。棗くん、少し失礼するよ」

古森は俺の手を取る。貴婦人のように優雅な所作で、彼女は俺の手を口元に近づけた。

そして、俺の手の甲に、何かとても柔らかいものが押し当てられた。

「…………」

しばしの間、俺は硬直していた。

ええと……。今のって、つまり、その、なんだ……？

「古森さん……。今、何をした……？」

「らぶちゅっちゅ」

らぶちゅっちゅ。

「らぶちゅっちゅか」

「らぶちゅっちゅだ」

「らぶちゅっちゅなのか」

「らぶちゅっちゅなのだ」

俺の頭は完全にショートした。なるほど、らぶちゅっちゅだそうだ。らぶちゅっちゅってなんだ。らぶちゅっちゅってなんなんだ!?

「らぶらぶの証《あかし》と受け取ってくれて構わないよ。うむ」

「うむじゃない。俺が構うんだよ」

「君、意外と初心《うぶ》だね。ひょっとして初めて？　だとしたら……。あの子に悪いことしたかな」

「やかましいわ。生まれてこの方彼女がいない灰色大学生の気持ちを弄んで楽しいか」

「楽しい」

「でしょうね」

こういうところ、本当に親近感が湧く。好敵手と言って差し支えないだろう。おのれ古森鏡子、侮りがたい女だ。

「それ、お守りだから。大事に使ってね」

古森はにやにやと笑って俺の手の甲を指した。俺の手の甲にはなにか不思議な紋様が描かれていた。ハートマークにも花びらにも見える、ラメ色に輝く濃紺の紋様だ。少なくとも、野郎がつけて喜ぶアクセサリーではなかった。

「お守り、ね。ピンチのときに振りかざすと奇跡が起こるタイプのアイテムか？」

「そうそう。大切な人を守りたいときに、空に掲げて叫ぶといい」

「なんて叫ぶんだ」

「らぶちゅっちゅファイヤー」

　らぶちゅっちゅファイヤー……。

　悪夢のようなネーミングだった。さすがにこれは冗談だと思いたい。だが、それはそれとして、一つの衝動が俺の身を貫いた。何のことはない。講義室のど真ん中で突如立ち上がり、片腕を天空にかざして「らぶちゅっちゅファイヤー!!」と叫びたくなっただけだ。男ならば誰でも俺と同じことをやりたがるだろう。しかしあまりにも賢明な俺は、ぐっと我慢することができた。偉いぞ俺。

「さて、私はそろそろ行くよ。君とのおしゃべりはとても刺激的なんだけど、あまり長くここにもいられないんだ。悪いね」

「お、おう……？　古森さん、俺とらぶちゅっちゅしに来たのか？」

「その言い方は語弊があるけど、そう捉えてくれて構わない。言っただろう。私は君と友達になりに来たんだって」

　時間がないというのは本当なのだろう。彼女は性急に立ち上がり、くるんと回って背を向けた。

「ああ、そうそう」

それから、まるで今思い出したかのように、付け加えた。

「分かってるとは思うけど。音無彩夜には気をつけて」

音無彩夜。不意に現れた謎の女。確かに怪しい女だったが、何故ここで彼女の名前が出てくる。

その意味を問おうとしたときには、彼女の姿は既に消えていた。

*

そんなわけで音無彩夜を捕まえてみた。

「……ナツメ先輩？　急にどうしたんですか？」

「いや、たまには誰かと飯でもと思ってな」

「それは構いませんけども。びっくりしました。ナツメ先輩って、そういうタイプだとは思いませんでしたので」

兵は拙速を尊ぶと言うだろう。分からないことがあったらすぐに質問しましょうとも言う。熱心な学徒たるこの俺は、古の教えに従ってすぐさま行動を起こした。

食堂で一人パスタを巻いていた音無さんの前に座る。彼女、昼食は一人で取るタイプらしい。今どきの女子大生らしからぬ生態をしていた。

「なんだか学内で会うと変な感じですね。先輩、家出娘は見つかりましたか？」

「ああ、なんとかな。おかげで助かったよ。でも、なんであそこにいるって分かったんだ？」

「タロット占いでそう出ていたので」

「占星術じゃなかったか？」

「そうでしたっけ？」

音無は一度小首をかしげたが、別に気にしてもいないようだった。彼女は黙々とパスタを巻き続ける。そうあることが彼女の使命であるかのように、淡々とパスタを巻いて巻いて巻き続けた。

ぶっちゃけコミュニケーションが取りづらい。さっきの古森もそうだったが、音無さんはそれ以上に掴みどころがない。何を考えているのか全く分からない。なんとかかんとか声をかけようとして、俺は一言を絞り出した。

「……パスタ美味しい？」

「いえ、それほど」

会話はそれで終わった。

……ちゃうねん。そうじゃないねん。パスタの味なんて誰も気にしてないんよ。ナツメさんは音無ちゃんについて色々聞きたいことがあるんだけど、どうしてかな。あなたを前にすると言葉が出てこないの。そんな風に困っていると、音無はぽつぽつと語り出した。

「ふとカルボナーラが食べたくなったのでこうしてパスタ巻いてるんですけど、あれですね。実際食べてみるとそう良いものではないというか。虚しいばかりの命の味がします」

「虚しいばかりの命の味」

「あなた方のようには行きませんね。難しいものです」

半ば以上に独り言だった。お、おう。そうですか。虚しいばかりの命の味ってなんだろう。

衝動的に行動するもんだから、こうして土壇場で困ることになる。俺は一体この謎の女をどうすればいいんだろう。そんなことをうんうん悩んでいると、隣の席に生姜《しょうが》焼き定食が置かれた。

「よう。隣、邪魔するぞ」

断る暇も与えずに、目尻がやけに強い女子大生が隣に座った。品の良いトップスにすらっとしたジーンズ。飾らない服装にジャケットを羽織り、動きやすそうなシューズで綺麗にまとめていた。

浮つきすぎない垢抜《あかぬ》け感は、執念じみた努力の末に成り立ったものだ。見事なまでに女子大生に擬態しているようだが、その目に灯る烈火が彼女の本性を表していた。

「……おう、桃子。どうした」

「下の名で呼ぶんじゃねえ。殺すぞ」

余計な口きくんじゃねえって副音声が聞こえた。今日もお元気そうですね。何よりです。

それにしても珍しい。俺と桃子は学内で接触しないよう、互いに互いを避けてきた。明文化こそされていない不文律をこいつから破るとは、一体どういう風の吹き回しだ。

「桃子ちゃん。遅かったね」

「悪い、寝てた。それより彩夜、お前こいつと知り合いだったのか」

「うん。この前一緒にデートしたの」

「悪いこと言わない。こいつだけはやめておけ」

ちょっと待てあれデートなのか。いやまあ確かに二人であちこち散策したし、ちょっとした告白っぽいイベントもやったけど、決してデートではないと思う。どちらかと言えば怪談の類だ。

それはともかく、音無と桃子の間に遠慮がないのが気になった。聞いてみると、つい最近ジェンダー論の講義で話して以来の仲だという。音無のほうが一年後輩だが、別に気にせず仲良くしているだとかなんとか。……音無って、普通に交友関係とかあるんだな。そういうのから隔絶されている不思議議女だと思ってた。すまん。

「言っておきますけども、私がこういう態度を取るのはあなただけですからね。ナツメ先輩」

「そういうの要らない」

「好きな人の前では素直になれないのです。乙女なので」

「アクセルは全開だけどな」

桃子にアイコンタクトを飛ばす。この子っていつもこんな感じなん？　返事は小首をかしげられただけだった。はい。そうですか。

「やっぱり強引でしょうか？」

「多少面食らうが、マイペースなのはいいことだと思う」

「その言葉、オブラートを剝がしたらどうなります？」

「気にすんなって意味だ。あと、友達になろうぜ」

大学ってのは良くも悪くもクセのある奴らが集まっている。多少コミュニケーションに難がある人間なんて珍しくもない。そういう手合を避けて会話が通じる人間だけでグループを形成するのも一つの処世術だが、俺はどっちかって言うと曲者《くせもの》のほうが好きだった。

音無はパスタを巻く手を止めて、ぱちくりと目を瞬《まばた》かせる。二つの瞳は俺を見ていた。

「意外です。まさか、あなたのほうからそう言ってもらえるとは」

「そんなに変か？」

「いいえ。ただ、正直ありがたいです。私はあなたとの友好的な関係性を望みます」

「それ、オブラートを剝がすとどうなる？」

「何もなくなってしまいます」

「お前には本音ってものがないのか」

音無はくすりと笑った。不意打ち気味に放たれた笑顔。相変わらず本音は分からないが、少なくとも良い表情であった。

「なあ、彩夜。お前、まさか本当にこいつのことが好きなのか？」

「そんなわけないじゃん。桃子ちゃん、何言ってんの？」

「めっちゃばっさり行くな」

「ナツメ先輩には内緒にしてね。しーだよ、しー」

「俺目の前にいるんだけど」

音無は桃子ときゃっきゃと笑う。お前らな……。

まあいいや。相変わらず音無はよく分からないけれど、ひとまず敵意は感じない。仲良くなれるならそれでいいんだ。そんなわけでお友達ができました。やったー。

そんなお気楽思考に半分身を委ねつつ、それでも俺は何か気になっていた。引っかかるのは古森の言葉だ。確かに怪しさ満点の女だが……一体この女の何に気をつければいいんだ？

「なあ、音無さん。一つ聞きたいことがある」

「なんでしょう」

「観測か、介入か。どっちだ」

迷った末に出てきたのはこの質問だった。

正直俺自身この言葉の意味はまだ分からない。だが、もしも音無彩夜が魔法少女関係者であるならば、何かしらの反応は引き出せるのではないか。そう期待しての問いだった。

「ええと……。それは、どういった意味のご質問でしょう？」

反応はフォークでパスタをいじるだけだった。表情から感情は窺えない。何かを隠しているのかもしれないし、本当に意味が分からないのかもしれなかった。

「おいナツメ、それどういう意味だ」

「桃子には聞いてない」

「は？　殺すぞ」

「やめてください」

低い舌打ちが響く。刺すような視線が極めて暴力的かつシンプルなメッセージを伝えてくれた。落ち着け桃子、怪獣王が顔出してんぞ。

「観測と介入、ですよね。遠くで見ているか、実際に手を出すか。何に対してという主語が抜けていますが……。ひょっとしてこれは、森羅万象に対する接し方を問われているのでしょうか」

「まあ……。そんなところかな」

「なるほど、つまりはＹｅｓロリータＮｏタッチの志を試されているですね」

「絶妙に違うと思う」

急に俗っぽいの出すじゃん。びっくりするよね。

「それでも、本意が見えない問いには変わりありませんけども。少なくとも介入ではありませんが、観測と言われても頷きかねます。所詮盛者は必衰です。生まれては死にゆく人間が、生まれては死にゆく人間に接したところで何になるというのでしょう。ならば私は、この限られた時間をただ穏やかに過ごしたい。そう願います」

「お、おう……。なんつーか刹那的だな」

「これも去りゆく青春の一ページです。精一杯輝きましょう。ＹＯ」

彼女はフォークを置いてチェケラした。チェケラされてはチェケラを返すのが礼儀というもの。俺も迷わずチェケラを放った。桃子は他人のふりをした。

「ごちそうさまでした。さて、私はそろそろお暇《いとま》させていただきます」

「ああ。変なこと聞いて悪かったな」

「いえ。私としても、得るものはありましたので」

音無はトレーを持って立ち上がる。桃子もそれに続いて立ち上がった。二人が去っていくのを見送って、俺は天井をじっと見上げた。

音無彩夜。結局彼女が何者なのかは、今の俺には分からなかった。

＊

音無彩夜は一定の歩調で歩く。手元に握ったスマートフォンには廊下に生息するドウブツの姿が表示されていた。それらを順番に捕まえながら、音無は歩き続けた。

スマホゲームが好きというわけではないが、隠れて考え事をするには便利なものだ。視線を落としてじっとスマホを見ていれば、傍目《はため》にはゲームをしているようにしか見えない。

(観測と介入、か)

思い返すのは先程のやり取りだ。あの棗裕太なる男は、まるで思いつきのようにその言葉を出した。

正直言ってしまえば、不意打ちもいいところであった。その言葉は、意味を知っている人間ならばおいそれと口に出せるものではない。それはこの世界の支配構造にまで踏み込む問いかけだ。まさか、こんな形で聞くことになるとは夢にも思っていなかった。

それでも自分は自然な反応を返したはずだ。何一つボロは出さなかった。やり取りを何度も反芻《はんすう》しながら、少しずつ呼吸を落ち着ける。それからようやく、スマホを握る手が小さく揺れていることに気がついた。

(はぁ……。急になんてこと聞くの。本当、危なかった)

スマホはしまった。思い返すと緊張が蘇《よみがえ》ってくるようだ。化粧室で顔でも洗ってこようか。それに、やらないといけないこともできた。そう思って顔をあげると、随分と人気のない場所に立っていた。

「なあ彩夜。次の講義、こっちじゃないと思うぞ」

「桃子ちゃん……。ごめん、私、ちょっと行かないと」

「はぁ？　講義サボんのか？」

「一回くらい大丈夫だよ」

灰色の男たちが聞いたら手を叩いて喜びそうな言葉を口走る。大人しめの見かけは優等生と思われがちだが、実態はそうでもない。

音無の頭にあるのは一つの疑念だ。棗裕太は、どうして音無彩夜にあの質問をぶつけたのか。確かに怪しい振る舞いこそしたが、まさかそれだけで疑われるとは思えない。きっと何かがあったはずだ。棗に自分への疑念を抱かせた、何かが。

(調べよう。場合によっては、報告が必要かもしれない)

有益な情報を摑めれば自らの有用性を証明できる。そうすれば、もしかしたら、私はもう少しだけ――。

「おい、待てよ彩夜！」

思索にふけっていた音無は、強く肩を摑まれて現実に引き戻される。そのまま壁に押し付けられ、強引に前を向かされた。

肩を摑んだのは鬼ヶ島桃子。棗裕太に接触するにあたり、彼に近すぎず遠すぎない人物として最初に選んだ〃友達〃だ。

「急にどうしたんだよ。なんかあったのか？」

「何か？　何かって、何が？」

「手震えてただろ、お前」

少し、息を呑んだ。

「何かあったなら言えよ。ひょっとしてさっきの質問か？　どういう意味なのかは知らんけど、あれ実はヤバい質問だったりするのか？」

——この女、殺すか。

音無は瞬時にそう判断した。この女が何かに気がつく可能性は低いが、自分の些細《ささい》な変調を見破った観察眼は脅威に値するものだ。

「聞かせろよ、彩夜。ダチが困ってるのに黙ってるわけにはいかねえ。事によっちゃナツメの野郎をシメてもいい」

桃子は真剣な顔だ。まだ付き合って日の浅い友人だというのに、まるで本心から心配しているようだった。それを見て、音無は一度深呼吸をする。

（……裏はない。この女は友達として心配しているだけだ。落ち着きなさい、私。軽率な判断は寿命を縮めます）

それは音無にとって極めて好都合な申し出だった。棗裕太に近い人間が友人として協力してくれるのならば、それほど動きやすいことはない。この女にはまだ利用価値なんていくらでもあるのだ。今殺すのはそれこそ失策だ。

「あのね、桃子ちゃん。お願いがあります」

「なんだ。遠慮しなくていい、なんでも言え」

音無は状況を再計算する。大丈夫だ。これくらいの窮地などいくらでも越えてきた。逆にこの状況はチャンスですらある。どう立ち回れば自分にとって最も利となるかを計算しつつ、音無はまず目先の問題を解決することにした。

「まずね、壁ドンは恥ずかしいんだけど」

「あ、すまん。その……こうか？」

鬼ヶ島桃子はおもむろに音無のおとがいを持ち上げた。

「顎クイはもっと恥ずかしいんだけど……」

「じゃあどうしろって言うんだよ」

「離れてくださいと言っています」

「いや……。彩夜ってなんか、いい匂いするよな」

「え、何急に。どういう意味？」

「もうこの際女でもいいかなって」

「ちょっと待ってそれどういう意味？　ねえ？　どういう意味……えっ、ちょっと。何をするつもり⁉　桃子ちゃん⁉　鬼ヶ島先輩⁉」

思わず声を荒らげる。助けを求めて視線を滑らせるが、周りに人気はない。誰だこんな場所に私を連れてきたやつ。自分である。瞬間の自問自答は何の役にも立たなかった。

こういった窮地はちょっと想定していない。一体どこで間違えたんだ。いいから誰か助けてほしい。音無は心の底からそう願った。

*

退屈な講義も終わりを告げ、俺はスキップで帰宅した。

普段なら灰色の男たちを集めて灰色活動に勤《いそ》しんだりもするのだが、ここ数日の俺は付き合いが悪い。それもそのはず。家に帰れば待っている人がいるのだ。

「あ、ナツメさん。帰られたのですね、お帰りなさい」

アパートの一室で俺を待ち構えていたのはシロハとスピだ。彼女をホームレスのままにしておくわけにもいかず、最近はこうして部屋に置いていた。

初日こそ「これなら廃ビルのほうがマシでした……」とまで言わしめた男一匹一人部屋だったが、彼女のたゆまぬ努力によって清掃され、今ではすっかり綺麗になっていた。窓枠に置かれたハーバリウムがなんとも言えない少女趣味。シロハ用の布団（本当はベッドにしたかったが、部屋のスペース的に布団になった）の側にはもふもふした猫のぬいぐるみが鎮座している。名前は大魔獣ナベリウス。名付けたのは俺だ。

「ただいまシロハ。はいこれ」

「あら、ありがとうございます」

俺はシロハの手にナベリウスを渡す。シロハは当然のように受け取り、それを抱えてカーペットに座った。ぬいぐるみを抱えて座る少女。うむ。

「……？　私は今、どうしてなーさんを手渡されたのでしょう？」

「なーさんじゃない。大魔獣ナベリウスだ」

「なーさんです」

「ナベリウスだ」

俺とシロハの間に火花が散る。彼女は良き同居人ではあるが、この点については意見が相違していた。

『君たちさ。遊ぶのはいいんだけど、せめて荷物置いてからにしなよ』

「スピ。私はなーさんのこと、遊びと思ったことはないよ」

「これは大切なことなんだ。馬のぬいぐるみは引っ込んでろ」

『馬のぬいぐるみ⁉』

スピは愕然とした。所詮やつは有蹄類《ゆうているい》。一番人気の猫様の足元にも及ばぬ存在よ。マスコットの座を奪われたスピを、シロハの腕に抱かれた大魔獣ナベリウスが勝ち誇るように見下していた。

「さて二人とも、準備はいいか。今日も結界について調べたいことが山ほどあるんだ。もし俺の考えてることが実現するなら、リントヴルムの一人や二人くらい簡単に倒せるぞ」

「ナツメさん、あの作戦本気でやるつもりなんですか……？　無茶苦茶にもほどがありますよ？」

「その無茶苦茶を現実に変えるために検証するんだよ。そら行くぞ、さあ行くぞ、とっとと行くぞ」

今日一日ずっと作戦のことを考えていたのだ。今の俺は遠足前の小学生よりも落ち着きがない。そんなウッキウキな俺の手をシロハがそっと摑んだ。なんだい手を繋ぎたいのかい。仕方ないな、部屋を出るまでだけだぞ。外でお手々繋いでると通報されちゃうからね。世知辛いよね。

俺はそんなお花畑なことを考えていたが、シロハはまるでカエルでも解剖するかのような手付きで俺の手を開いて、手の甲を指先でつついた。

「ナツメさん。これ、なんですか」

冷たい声だった。

手の甲に描かれた濃紺の紋様を指して、問い詰めるように低く囁《ささや》く。俺を見上げる瞳に色はない。貼り付けたような無表情である。怖い。

「いや、待て。違う。違うんだこれは」

「何が違うんですか」

「これはその、そう、虫に刺されたんだよ。浮気じゃない」

「へえ、随分と絵心のある虫がいたんですね」

キャバクラ帰りの夫のような言い訳を口走る。ちゃうねん、本当に浮気しとらんやんな。ただちょっと、大学で初めてあった女の子とらぶちゅっちゅしただけで。っていうか浮気ってなんだ。

『珍しい。魔術紋じゃないか、これ』

「……魔術紋？　魔術紋ってなんだ？」

『魔法術式が刻まれた紋様だよ。術式を編まずとも、魔力を通すだけで魔法が発動できる。魔法の心得がある僕やホワイトには不要なものだけど、生まれて間もない魔法少女はお世話になったりするね』

「そんなことはどうでもいいです。ナツメさん、正直に答えてください。これはどこで、誰に刻まれたものですか」

お、おう。分かった分かった。落ち着け、ちゃんと話すから。

俺は大学であったことを話した。古森鏡子との邂逅《かいこう》と、お守りとして受け取った魔術紋について。それからもちろん、大学の廊下ですれ違ったスパイダーマンの話もした。うちの大学に限らず、日本の大学には時折フルコスチュームのスパイダーマンが出没する。彼らがどこから来た何者なのかは誰にも分からない。あれは文部科学省の密偵なのだという噂がまことしやかに囁かれていた。

「なるほど、スパイダーマンですか……」

『ホワイト。気にするところそっちじゃない』

「え、でも、スパイダーマンだよ？　見たくない？　見たいか見たくないかで言えば見たくない？」

『君もだんだんナツメに毒されてきたよね』

シロハもなかなか分かってきたじゃないか。結局のところ二元論に限るのだ。やりたいかやりたくないかで言えばやりたいよね。なんか大体そんな感じでふわっと行けばいいんじゃないかなって思うよ。

「まだ憶測に過ぎませんが、古森鏡子は私がよく知る人物かもしれません。もっとも、彼女は二年

シロハは頷いて、少しの間言葉を選んだ。つかの間の沈黙の後、彼女は口を開いた。

『構わないよ。彼はもう部外者じゃない』

「ねえ、スピ。話しちゃってもいい？」

質問に答える前に、シロハは一度スピを見た。

「なあ、それどういう意味だ。古森鏡子は何者なんだ？」

物騒なワードが出てきた。ちょっと待て、死んだはずの仲間の痕跡だって？　このらぶちゅっちゅエンブレムが？

「昔の話はしないでよ、もう」

『経験から学んでくれてるようで何より』

「分かってるよ。死んだはずの仲間の痕跡なんて使い古された手、今更引っかかるものですか」

『ホワイト、警戒はしてくれよ。今のところ単なる罠《わな》というのが一番考えやすい』

シロハは胸に手を当ててほうと息を吐く。頬が少し緩んでいた。喜びの衝動をなんとか抑えようとしている、といったようにも見えた。

「やっぱりそうだよね。私の見間違いじゃないよね」

『多分ホワイトと同じことを考えてる。魔術紋の書き方も当時の癖がよく出てるよ。懐かしさすら感じるね』

「ねえスピ。その古森鏡子って人、どう思う？」

前に死んだはず、という注釈がつきますが」

　慎重な口ぶりで、彼女はゆっくりと記憶をなぞった。

「以前の私は、ある魔法少女とチームで活動していました。彼女の名はブラックシルト。ブラックは私にとって、幾多の戦いを共に駆け抜けた戦友であり、唯一無二の相棒であり、かけがえのない親友でもありました」

　当時を思い出すシロハの表情は固く、努めて冷静なものだった。この表情の意味は知っている。これは、シロハが辛い話をするときの顔だ。

「二年前の大侵略の日。ブラックは、全てを守って散りました」

＊

　瓦礫《がれき》の山を押し上げて、ホワイトは立ち上がった。

　余すことなく全身傷だらけだ。純白のドレスはところどころ破れ、額から流れる血が目に染みる。剣を杖《つえ》代わりに使って体を支え、荒く息を吐いた。

　コンディションは最悪。それでも立たなければならなかった。

「やー、きっついね、どうも。どうよホワイトちゃん、まだ元気いっぱい？」

　漆黒のバトルドレスをまとう少女が軽いノリで肩を叩く。彼女の名はブラックシルト。ホワイトブランドの相棒であり、この状況で生き残っている数少ない魔法少女だ。

「まだやれる。片目潰れたけど、両手両足は大体動くよ」

「五体満足なら上出来だね。問題があるとすれば、魔法少女の労働環境くらいか」

「ブラックはどうなの？　さっき随分と無茶してたけど」

「もう魔力尽きちった」

「ええー？」

ホワイトは思わず苦笑を漏らす。交わす言葉は軽いものだが、状況は最悪と言っていい。

当初何人もいた仲間たちは、熾烈《しれつ》を極める戦いの中で一人ひとり倒れていった。魔力を切らしたブラックもこれで脱落だ。これでもう、戦える魔法少女はホワイト一人になったわけだ。

かくいうホワイトも万全からはほど遠い。限界などとうに踏み越え、ギリギリのところで戦っている。いつ力尽きてもおかしくなかった。

「あいつ、どうやって倒そうね」

瓦礫と化した街並みの中心に、巨大な蛇龍がそびえ立っていた。

星食らう王龍。侵略者たちが地球に呼び出した異次元の怪物だ。幾重にも渡る魔法少女決死の迎撃を受けてなお、無限の生命力は尽きる様子を見せない。生命を超越した魔法少女ですら持て余す正真正銘の化け物である。

「いや無理でしょ。ウチらよくがんばったと思うよ。ホワイトちゃん、今日はここまでにして続きは明日にしようぜ」

「いいねー。帰りにアイス買ってこうよ」

「パピコのチョコーヒー、はんぶんこね」

「えー。バニラ味がいいよー」

軽口を交わしながらも、白と黒とは並び立つ。

退却は許されない。それは世界の終焉《しゅうえん》を意味している。それ以上に、彼女たちは退くつもりなどさらさら無かった。

絶望的な状況など飽きるほどに越えてきた。この胸には、数多の厄災から地球を守り続けた世界の守護者としての矜持がある。そして何より、隣に立つ友がいるのだ。

「ホワイト。どうしたい」

ブラックは問い、ホワイトは答えた。

「送り還《かえ》そう」

「そりゃまたどうして」

「あの子、無理やり呼ばれただけだもん。元いる世界に還してあげたい」

敵は倒す。必ず倒す。手心なんて加えない。それは彼女たちの基本方針でもあったが、ホワイトは今回に限り曲げることにした。

深い考えあっての言葉ではない。ただ、龍が悲しそうな目をしていたから。それだけだ。

「珍しく優しいじゃん」

「今日は記念日だしね」

「何の？」

「世界平和記念日」

「いいね」

平和とはほど遠い現状だが、ホワイトは嘘を言ったつもりはない。これから平和にすればいい。いつもやってきたことだ。

状況は極めて絶望的。世界平和どころか、十分後にこの世界が続いている保証はない。

でも、やる。彼女たちにとっては、それだけのことだった。

「ふむ。あれを召喚したクソ野郎どもはぶっとばしたし、問題ないかな。何より倒すよりは楽か……」

「ブラック、打算じゃなくて愛で戦おうよ。私たち魔法少女なんだから」

「んなもんとっくに擦り切れたわ」

ホワイトは首をかしげる。昔は愛と正義を胸に戦っていたのに、いつからこんな子になったのだろう。相方としては初心を思い出してほしいところである。

「この惨状で愛とか正義とか言えちゃうホワイトがおかしいの。私たちがいなかったらこの世界、七回は滅んでるんだぞ。なんであれだけの死闘を笑顔で可憐に乗り越えてんだよ。ちょっとくらいトラウマの味を覚えろ」

「色々あったよねえ。でも私たちならきっと、どんな困難も乗り越えていけるよ」

「いい話にすんな」

あくまで楽観的なホワイトに対し、ブラックは不満そうだ。それでも戦うことを投げ出さないのが魔法少女の矜持か。結局現状がどうであろうと、ブラックがやることは変わらないのだ。それはホワイトにもよく分かっていた。

「それでブラック、どうすればいい？」

「――あれだけの存在を遥《はる》か彼方《かなた》の空間から転移させてきたんだ。そんな風に摂理を曲げる所業、普通なら世界の法則が黙ってるはずがない。きっと反発も相当なはずで、それを無理やり抑え込んでいる魔法がある。仮称としてクサビと呼ぼうか。それを砕けば簡単に還せるんじゃないかな。ハハ、魔法少女の私たちが世界の法則に頼るなんて、とんだ皮肉があったもんだ。ホワイトもそう思わない？」

「ええと……。つまり、どういうこと？」

「おいちょっと待てマジかお前」

ブラックの言葉の内容は、ホワイトには半分も分からなかった。法則だの反発だの言われても、まるで思い当たることがない。何がどう皮肉なのかも分からないが、ブラックは説明してくれなかった。

代わりに返ってきたのは、ホワイトでも分かる極めてシンプルで力強い言葉だ。

「ぶっとばせ。後はアドリブだ」

「いつもどおりだね。任せて」

ブラックからの無茶振りを笑って受け止める。聞きたかったのはその言葉だ。剣を構え直し、巨龍を睨み、ぎっと地を踏みしめる。

駆けた。

音速の壁をぶち破り、ソニックブームと同時に魔法で閃光《せんこう》を生み出す。視界と音響がかき消えた。が、ホワイトの脳内には戦況が克明に見えていた。

闇雲に振るわれる龍の尾を刹那の見切りですり抜ける。肉薄。そして乱打戦。先制とばかりに刃を叩き込み、返す龍爪の横薙《な》ぎを斬り飛ばす。翼の一撃を打ち払い、星をも貫く大牙を蹴り砕いた。質量差のある相手の懐に入り込み、ノーガードで命と命をぶつけあう。いかに魔法少女といえども無謀な特攻であったが、それを成し遂げるのがホワイトブランドだ。

戦いに踊る思考はどこまでも加速する。守りに入っては生き残れない。攻めて、あがいて、切り開く。それだけが唯一の活路であるとホワイトは直感で理解していた。ゆえに彼女はたった一瞬であろうとも迷わない。迫りくるものは全て斬る。極めて困難なことを除けば、分かりやすくて悪くない死線だ。

「ホワイトーっ！　首のっ！　下!!」

ブラックの声が響く。龍の首に突き刺さる、黒々と瘴気《しょうき》を撒き散らす金属片が見えた。なるほどあれがクサビらしい。可能か不可能かなどという、つまらないことは考えない。相棒の期待に応えるのはホワイトにとって決定事項である。

「シャイニング――」

刃に残り少ない魔力を重ねる。刀身は純白に輝き、白光が空を切り裂いた。

龍は口腔《こうこう》に焔を灯す。莫大《ばくだい》な熱量を放つ蒼《あお》の炎だ。自然の摂理に反して輝くそれは、燃え盛るほどに深く強く燃え盛る。

炎に相対するだけでも途方もない熱を感じた。あれを受ければ、死ぬ。それでも彼女は正面から立ち向かうことを選んだ。直感がそう言うのだ。避けることも防ぐこともできない。生き残るためにできることは、一つしかないのだと。

思考はどこまでもシンプルだ。斬り裂けばいい。それだけのことだ。

だからホワイトは、ただ、強く、魔法を願った。

「――カタストロフィ・デッドエンドオオオオッ!!」

白刃と蒼炎が激突する。膨大なエネルギーとエネルギーが互いを喰らいあい、閃光と爆風と轟音とが吹《ふ》き荒《すさ》ぶ。瞬間の臨界、そして大規模な破砕が周囲一帯を吹き飛ばした。

激突の余波を受け、龍のクサビは砕け散った。同時にホワイトの全身を衝撃が突き抜ける。吐きだした血すらも吹き飛んでいく。浮遊感を味わう暇もなく、ホワイトの体は激しく瓦礫の山に突き落とされた。

激痛。意識は一瞬のうちに暗転と覚醒を繰り返した。

「ホワイト!?　大丈夫!?」

言葉を返す余裕もない。痛みはどこか遠くに感じる。視界は赤に染まり、全身の感覚がない。ただぼんやりとした痛みが、強烈な不快感を伴って全身にこびりつく。それも一瞬のことだ。一呼吸ごとに意識が明瞭になるにつれ、経験のない激痛が獰猛に牙を剝いた。

「ホワイト……？　生きてる、の……？」

不思議と相棒の声だけは聞こえた。余程酷《ひど》いことになっているらしい。

体は既に満身創《そう》痍《い》だ。残り少ない魔力も、先程の攻撃で使い果たしてしまった。これ以上戦う力なんてもうどこにもない。

――それでも。

「ホワイト……」

目を開く。潰れた視界の中、悶《もだ》え苦しむ龍が見えた。

立ち上がる。血を吐きだし、痛みを無視して剣を構えた。

死んでいない。まだ死ねない。

死んでたまるか。

「……ああ、もう。休んでろバカ」

ひらりと黒い花びらが舞い降りる。花びらが放つ柔らかな光がホワイトを包むと、痛みが少しだけ和らいだ。

ひらりひらりと花びらが舞う。そのたびに痛みが和らいでいく。いくつもの花びらを操りながら、ブラックは困ったように笑っていた。

「大丈夫？　他に痛いところない？」

「魔法……。待って、魔力は⁉　魔力はどうしたの⁉」

「あー、気づくか。ホワイトって色々抜けてるくせに、変なところで勘がいいんだから」

「質問に答えて！　ブラック！」

「はいはい。お察しのとおりですよ」

ブラックは一度頰を張る。それから片手を天にかざし、今度は精一杯強気に微笑んだ。

「命燃やした」

ブラックの内より黒い花びらが溢《あふ》れ出《だ》す。それは魔法少女ブラックシルトの命そのものだ。

願い《ラスト》の魔法《・マジック》。自身の命を代償にして、莫大な魔力を得る禁断の魔法。魔法少女が持つ最終手段にして、決して使ってはならない最後の切り札である。

ブラックは、それでも笑っていた。

「どうして⁉　それだけは使わないって何度も約束したじゃない！」

「ごめんってば。でもさ、ホワイトだってこれ使うつもりだったでしょ？　そんな顔してたよ」

「それは……。でもっ……！」

「早いもん勝ちってことで。生きろよ、相棒」

散歩にでも出かけるかのような気楽さでウィンクを一つ。天にかざした手に無数の花びらを集め、掌中を王龍へと突きつけた。

逆巻く花びらが巨大な魔法陣を形作る。湧き上がる魔力を込めるほどに、漆黒の魔法陣は昏《くら》く濃紺に輝いた。

「ごめんね。でも、私がいなくてもホワイトならきっと世界を救えるよ。だから、ちょっと早いけど先に行ってくる」

「ブラック……なんで……⁉　嫌だよ、こんなの……！」

「泣くなバカ。約束だ。私が世界を守るから、ホワイトは世界を救いなさい。それから毎日ご飯を食べて、夜はぐっすり眠って、たまには遊んで……ええと。私がいなくても、ちゃんと楽しいことを探すんだよ。ホワイトはそういうの苦手だから」

別れを惜しむ暇もなく、ブラックは魔法の完成をためらわない。蒼穹《そうきゅう》に展開した巨大な魔法陣が龍の体を拘束した。魔法陣の中心が割れて門が開き、暴れる龍をするすると飲み込んでいく。

やがて龍が門の奥へと姿を消すと、ブラックはゆっくりと手を下ろした。残された空は青く突き抜けて、瓦礫の街にはいくつもの花びらが舞っていた。

「あーあ」

満足そうにブラックは頷く。空を見上げて目を細める彼女は、清々しい笑みを浮かべていた。

「死にたくないなぁ」

独白。

最後にそう言い残して、ブラックシルトは消失した。

忘れられないほど華やぐ笑顔で、この世界から消失した。

*

語り終えたシロハは、随分と落ち着いていた。

彼女にとっては全て昔のことなのだろう。過ぎ去った思い出に心を乱す様子はない。やや冷めたお茶をずずとすすって、ローテーブルに湯呑《ゆのみ》を置いた。

「ナツメさん。この話、特別なことだと思いますか？」

だからその問いも、まるで世間話の延長のようだった。

「こんなもの、ありふれた悲劇の一つに過ぎません。もう皆死んじゃいましたけど、魔法少女なら誰だってこんなトラウマの一つや二つくらい背負っていました。魔法少女の戦いとはそういうものです」

「……そんなこと、ない」

「そんなことあるんです。悲劇なんて今更語るに足らない。だから、本当はあなたたちをこの戦いに――」

「違う！」

シロハの肩を強く摑む。そうじゃない。そんな話はしていない。

「ありふれた悲劇だなんて……！　そんなわけ……ねえだろうが……！」

俺は何かを言おうとした。魔法少女の生きた証を、ありふれた悲劇なんて言葉でまとめられてしまうのは我慢できなかった。だが、言葉にすることはできなかった。

それは俺が、戦いを知らないただの大学生だからであり――。それ以上に、覗《のぞ》き込《こ》んだシロハの瞳の奥に、数多の感情が渦巻くのが見えたからだ。

「ナツメさん、ありがとうございます」

シロハは一度目を閉じて、ゆっくりと開く。瞳はもう揺れたりしない。全ての感情を飲み込んだ、深い色彩だけがそこにあった。

「これでいいんです。感傷は刃を歪ませてしまいますから。私がやるべきことは仲間の敵討ちではなく、世界を救うことです。そこを見誤ってしまっては、ブラックに怒られてしまいます」

「シロハ……」

「ですが、そうですね。いつか全ての戦いが終わったら、お墓でも立てましょうか。そのときはナツメさん、あなたも手伝ってくれますか？」

「馬鹿言ってんじゃねえよ……」

本当に馬鹿だった。

どうしてシロハがそこまで覚悟を決めなきゃならない。どうしてほんの僅かでも足を止めることができない。どうして、悲しいときに泣くという、そんな当たり前のことを我慢しなきゃならない。

答えなんて分かっている。どうしようもないほどに明らかだ。

それが魔法少女だからだ。

「もう二度と……。二度と、悲劇なんて繰り返させない」

「ナツメさん？」

「約束だ。魔法少女の悲劇なんてものはこれで打ち止めにしよう。もう、誰にも、十字架を背負わせたりはしない」

シロハには子どものワガママのように聞こえたかもしれない。それがどれほど厳しいことなのか、彼女は嫌というほど知っているはずだ。しかし彼女は否定せず、されど肯定もせず、ただにこりと微笑んだ。

「自分で言うのもなんですけど。私との約束は重いですよ？」

「本当に自分で言うんだなそれ」

「ブラックとの約束を律儀に守ったばっかりに、最後まで生き残ったくらいですし……。世界一個背負わせるなんて酷いと思いません？　実はですね、あの世で会ったら絶対文句言ってやるんだって心に決めてました」

『ちょっと、ホワイト。何言ってるの』

「大丈夫。仲間がいる限り、私は絶対に死んだりしないから。約束しましょう、ナツメさん」

彼女は小指を突き出した。目の前で揺れる細い指に、思わず苦笑する。由緒正しき指切りげんまんである。前もやったな、これ。

日本に古くから受け継がれし信頼契約の儀式を厳かに執り行い、俺とシロハの間にまた一つ約束事が結ばれた。

「これでもう引き返せませんね」

「あほう。引き返すならもっと早くに引き返してるわ」

「それもそうですよね……。ねえ、ナツメさん。どうしてここまでしてくれるのですか？」

それは、いつかリントヴルムにも聞かれたことだ。

何もかも忘れて日常に帰るという選択肢は何度も提示されていた。俺たちはそのことごとくを無視してここまで来た。その理由、あいつには灰色を焼くためと答えたが……。今は、少し違うかもしれない。

「やっぱ、守りたいものがあるからじゃねえかなぁ」

「え……。えっ、ちょっと、待って、どういうことですか」

ふと、魔が差した。真面目な話の最中で申し訳ないが、ぶっすりと魔が差してしまったのだ。

「前も言ったろ。俺はシロハのことが大事なんだって」

「いやあのそれは聞きましたけどえっとそれはおかしくないですかだってほら私魔法少女だしそうじゃなくてもこんなんですし」

「急にどうした？」

突如シロハが挙動不審になった。百面相のように表情を切り替えながら、じりじりと俺から距離を取る。最後には大魔獣ナベリウスを盾にして、すっかり後ろに隠れてしまった。

『ナツメ、あまりいじめないであげて。この子、そういうのに慣れてないんだ』

「お、おう……？　そういうのってなんだ？　俺はただ絶対にシロハを幸せにしたいだけなんだが」

『君わざとやってるよね』

「まあな」

ぎこちない空気が少しずつ柔らかくなっていく。やっぱり俺にはこっちのほうがいい。

ナベリウスの奥からちらちらとシロハが俺を見る。耳まですっかり真っ赤になっていた。まじまじと見つめたいところだが、俺もそこまで鬼ではない。こういうのは引き際が肝心なのだ。

「あの……。ナツメさん」

「なんだ」

「よろしくお願いします……」

「何がだ」

シロハの中で過程が数段階飛んだ気がした。分かった落ち着け、俺が悪かった。俺はシロハの冷静さを取り戻すべく、唐突に彼女の頬をつまみ上げてむにむにした。

「あ、あの、これは何をしとーとですか？」

「ほっぺをむにむにしている」

「ほっぺをむにむにしてはいけません」

「ほっぺはむにむにされたがっているぞ」

「ほっぺはむにむにされたがっていないです」

シロハは俺の手をはたき落とし、じりじりと壁まで下がっていった。そしてナベリウスガード。すっかり警戒されてしまったようだ。残念。

『君たちさあ。いちゃつくならせめて僕のいないとこでやってよ』

「いちゃついてないぞ」

「いちゃついてません」

『いちゃついてるじゃないか』

「じゃあもっといちゃつく」

「心の準備をさせてください……」

『一生やってろ』

スピは俺の膝をべしべし叩いた。はいはい、悪かったよ。怒るなって。

こういう時間は嫌いじゃなかった。シロハが魔法少女ではなく、ただの女の子でいられるこの時間が。できるならばいつまでもこうしていたい。だが、俺たちにはまだ越えなければならない夜がある。

「なあシロハ、スピ。この戦いが終わったら、何か楽しいことをやろうぜ」

だから、そんな当たり前を口にしてみたくなった。

「もっと皆でいろんなことをして遊ぼう。灰色の男たちも誘ってさ。どっか出かけるとか、美味しいもん食べるとか、そんなことをいっぱいやろう」

「あはは……。いいですね。それも約束にしますか？」

「いいや、そんな堅苦しいものじゃなくていい。でも、そうだな」

それが特別なことになってほしいとは思わない。できるならば、何度でも繰り返される当たり前であってほしい。だから俺は、願掛けでもするような気楽さでそれを望んだ。

「そうなったらいいなっていう願望だよ」

*

まだ日も落ちる前から、俺はじっと空を見ていた。

ビルの間に夕日が落ち、真円の月がゆっくりと昇っていく。昼と夜とが切り替わる瞬間を、俺たちは大学の屋上でいつまでも見ていた。

我ら灰色の男たちに、決戦の時を迎えた緊張はない。来るべき時が来た。それだけだ。何事にも動ぜず騒がず、山のような雄大さをもって事に当たるのが灰色の男というものである。

「な、なあ、ナツメ……。いよいよ始まっちまうぞ……」

「おい準備はちゃんとできてるんだよな……？　失敗したら死ぬだけじゃ済まねえんだぜ……？」

「落ち着けお前ら！　俺らがミスったら冗談抜きで世界が終わっちまうんだぞ……！　分かってんのか!?」

前言撤回。灰色の男たちは、さながら狐《きつね》に睨まれた子リスのようにぷるぷると震えていた。

「あー、大丈夫大丈夫。上手くいくから。あんま気負うなって」

灰原のヤツだけはいつもどおりの楽観さを保っていた。屋上のフェンスにもたれかかり、ハーフパンツのポケットに手を突っ込む。この男には文字どおり緊張の欠片もない。

「そうは言ってもよぉ……。失敗するかもしれないじゃねえか」

「だから大丈夫だってーの。作戦は絶対成功する。俺たちは緻密に張り巡らされた作戦を万事滞りなく遂行し、輝かしき勝利を手に入れるんだよ」

「なんでそんなこと言いきれるんだ？」

「当たり前だろ。これまで一度だって俺たちが負けたことがあったか？」

いやこの前ボロ負けしたじゃねえか、とは誰も言わなかった。さもありなんといった風情で皆が頷く。根拠のない全能感に浸るのは灰色の男たちが最も得意とすることである。

「スピ。そっちの準備はどうだ」

『いつでもいいよ。ホワイトも位置についたみたい』

「そうか。まあ、今回に限っちゃ、あいつの出番はないかもな」

『だといいけどね。けど、不測の事態なんていくらでもあるから』

屋上にシロハの姿はない。今回の作戦においてシロハの役割はバックアップだ。だが俺としては、あいつに出番をくれてやる気はあまり無かった。

彼女が負ければ世界が終わるのだ。そのリスクを減らすためには、可能な限り直接的な交戦を避けるのが賢い選択である。それに、世界なんて重たいものを彼女一人に背負わせたくはない。ちなみに片方が本音で片方が建前だ。

「シロハには今日の打ち上げの店を選ぶっていう重役があるからな。それに専念してもらわなきゃ困るだろ？」

『そうかもね。それよりも、来たみたいだよ』

スピは瞬き一つの間に結界を展開する。いや、正しくは雨城の街をまるごと写し取った巨大な鏡面次元だ。現実に似て非なるこの空間では、俺たち以外の生命は存在しない。ざわめきが消えた街並みに、駆け抜ける風の音だけが響いていた。

風が起こす街鳴りを裂き、天空から高速で何かが飛襲する。静寂を砕き、爆雷のような衝撃と共に降り立ったのは、一人の龍人種《ドラゴニア》だ。

「よう。お前ら、こんなところで何やってんだ？」

友人に語りかけるような気安さとは裏腹に、リントヴルムの目は一切笑っていなかった。

金の瞳の真ん中に、ぱっくりと開いた瞳孔が浮かぶ。爬虫類独特の真円の瞳。揺らぐことなく俺を見据えるそれは、ひりつく敵意を直接的に伝えた。

「言っておくが、俺が用あるのは魔法少女だけだ。だからお前らが俺の邪魔をしなければ、俺もお前らには何もしない。言っている意味分かるか？」

「寝ぼけんじゃねえよ」

「ハッ。だろうな」

俺たちは遊びに来たわけではない。物見遊山で見物に来たわけではない。俺たちはリントヴルムを倒しに来た。そんなこと、今更確認するまでもなかった。

「それで今回もまた手品大会でもやる気か？　多少は付き合ってやってもいいが、死ぬ前に魔法少女を呼べよ。あー、いや、そういやお前ら喧嘩してたっけか。どうだ、ちゃんと仲直りできたか？」

「お前も変なこと心配するな。すっかり仲良しだから安心しろ」

「そうかい。なら、死んでも思い残すことはないだろうよ」

「それはある。いくらでもある。だから俺たちは、今日は死なない」

「上等。生きる意思がある獲物は狩り応えがあって良い」

敵意の交換は十二分。リントヴルムは自然体のように立っているが、俺たちの一挙一動をつぶさに観察している。先手は譲ってくれるらしい。

俺は周りに控える灰色の男たちに視線を配った。オーケー、後は俺がやる。お前らは次の準備にかかってくれ。三々五々に散っていく彼らを見送って俺はリントヴルムに視線を戻した。

「……？　どうした、かかってこないのか？」

「まあそう焦るなよ。何事にも準備は要るだろ」

「それを待つ道理はねえな」

「そうか。ないなら作ってやるよ」

抜き出したスマートフォンのカメラを向ける。画素数がどうのと甘美な謳《うた》い文句《もんく》に誘われたはいいが、黒板くらいしか撮る機会が無かったカメラだ。長きに渡り眠りについていた数百万の画素たちは今、唸《うな》りをあげてリントヴルムをカメラに収めた。

「何の真似だ、それは」

「記念撮影だよ。これをSNSに投下して龍人種の存在を社会に知らしめる。これでもう隠密《おんみつ》行動はできねえなぁ？」

「アホか。テメエらのような後発文明でいくら騒がれたって、痛《いた》くも痒《かゆ》くもないわ」

おっと、当てが外れたようだ。

侵略者は無闇に破壊を撒き散らさず、魔法少女だけをピンポイントで狙っている。そこには人間社会に存在を悟られたくないという狙いがあるものだと思っていたが、どうもそういうわけではないらしい。だとすると、侵略者が魔法少女を狙う理由は……。

まあ、いい。それは後で考えるとする。

「それはお前、俺らのこと舐めすぎよ。ここは八百万の神がおわす国だぞ。写真一枚あれば呪術殺法なんでもござれだ」

「ジュジュツ？　なんだそりゃ、魔法の類か？」

「そうだ。貴様の命運はこの写真にかかってると言っても良い」

口八丁を並べたがリントヴルムにはピンと来ていないようだった。宗教観の違いってやつかな。残念だ、こいつとバンドは組めそうにない。

「実例を出してやろう。最近上手く行かないことがあっただろ。妙に肩がこったり、寝起きが辛かったりしたことも。それに冷たいものを食べたときに頭が痛くなったこともあったはずだ」

「あるにはあったが。それがどうした？」

「全て、妖怪の仕業だよ」

「なんだって……!?」

この世の不条理はこれ全て妖怪の仕業である。俺は不思議な踊りを踊った。

……いや、妖怪じゃなくて呪術だったっけか。やべえな、設定がブレやがった。まあいいや。リントくん気づいてないっぽいし。このままノリと勢いで行っとこう。

「後はこの写真さえあれば究極の呪術が完成する！　覚悟しろ！　貴様は生涯を独り身で過ごすことになるのだ！」

「ふざけんな！　そんなお前らみたいな灰色の一生を送ってたまるか！」

俺は死んだ。

痛烈な呪詛《じゅそ》返しを受けて俺は死んだ。いやまあそうだよ。大学生になりながら彼女の一人も作らず、灰色街道をひた走る俺たちだよ。でもいいじゃんね。独り身は独り身で気楽なもんだぜ。胸の内に仕事一筋でひた走ってきた熟練刑事の魂を宿らせて、ふらふらと立ち上がる。危ないところだった。リントヴルムの野郎、なかなか強烈なカウンターパンチを放ってきやがる。

「クカカ……上等だ……！　暁の空に血を捧げてもらおうかァ……！」

「あっテメ！　それ俺のセリフ！」

「言ったもん勝ちだよバーカ！」

踵《きびす》を返《かえ》して走り出す。屋上のへりを一足で飛び越えて、ためらうことなく空に体を踊らせた。

十五階分の高さから見下ろす街は、月明かりに照らされて淡く輝いていた。風がコンクリートの森を揺らし、深い残響を残して吹き抜ける。その空に、俺は両手を広げて飛び込んだ。

「夜明けと共に呪ってやる！　追ってこいよ、リントヴルム！」

鬼ごっこの時間だ。捕まえてみろよ、侵略者。

さて。気合入れて飛び込んだわけだが、もちろん無策ではない。こんなこともあろうかと、あらかじめパラグライダーサークルからパラシュートを拝借しているのだ。連中のサークルはとっくの昔に形骸化し、もはやロクに活動もしていない。内情もすっかりズタボロで、内部の人間に頼んだら「使ってないし、いんじゃね？」とあっさり貸してくれた。さすがは我らがパラサー、雨城大学に名を連ねる飲みサーの一角である。

そういうわけなので、後は背負ったバッグから伸びるハンドルを引くだけだ。さすればインナーバッグに格納されたパラシュートが飛び出し、快適な空の旅を楽しむことができる。しかし、現実はそうはいかなかった。

何故かと問うにも値しない。だってそうだろう。俺、バッグなんて背負ってないし。

「やっべェ……！　パラシュート忘れてきた……！」

走馬灯のように頭をよぎるのはつい数分前の思い出。そうだった。重くて邪魔だからって屋上に置いてきたんだった。

俺はとっさにこの状況を打破するための策を千と八十ほど考案した。だが、そのほぼ全てに超能力または非現実的な現象が必要となることに気がついて、不可能現実の境界線に直面せざるを得なかった。こうなったのも全てはニュートンのせいだ。あいつが庭にリンゴの木なんて植えなければ、人類が重力に敗北することもなかったのに。

まあいいや。現実逃避はまた今度やろう。それよりもこれ、どうすっかな。詰んだんだけど。

『君さぁ……。自分の命綱忘れられるって、どういう神経してるんだい？』

背中に数キロ分の重さが加わる。頭に響くのは友の声。そう、我らがマスコットのスピである。

パラシュートバッグをくわえたスピが、重力加速度を無視してやってきたのだ。

「来たかプラン五三六！　待っていたぜ、この時をなァ！」

『誰がプラン五三六だ。ほら、早く』

スピから受け取ったパラシュートを手早く装着し、勢いよくハンドルを引いた。すると、今度こそインナーバッグに格納されたパラシュートが飛び出した。ここまでくればもう安心だ。後は豊かに広がる翼が風を捉えて、俺たちは空に遊ぶ大翼の鳥となるだろう。勝利の凱歌《がいか》を高らかに唄いながら、優雅に地上へと舞い降りるのだ。

しかし、やはり現実はそういかなかった。確かにパラシュートは飛び出した。ところどころ穴が空いた、虫食いだらけのオンボロパラシュートが。

「おいマジかよ⁉」

なんたることだ。千と八十のシミュレーションからこぼれ落ちた、たった一つの想定外《ロストワン》。希望と信じてすがった糸が、我が身を滅ぼす牙だったなど誰が想像しただろう。おのれ邪智《じゃち》暴虐なるパラサーよ。これだから飲みサーって奴はよォ……！

それでも俺は諦めなかった。まだだ。まだ終わっちゃいない。たとえパラシュートが無かろうと、俺たちには翼がある。この状況を覆す起死回生の一手を、俺は強く勇ましく叩きつけた。

「スピいいいいいいい！　たすけてえええええええええええ‼」

『…………。僕はもう、呆れてものも言えないよ』

スピの瞳が紅に輝くと、風を切る音が和らいだ。高さを速度に変換していた計算式は砕け散り、俺の体に蓄えられていた猛烈な運動エネルギーは霧散した。羽のような軽やかさでゆっくりと降下し、かくして俺は優雅に大地へと降り立ったのだ。

「……オーケー。計画どおり。今回も良いコンビネーションだったぜ、相棒」

『何一つオーケーでも計画どおりでもない。コンビネーションも何も僕しか働いてないじゃないか。ちょっとは反省しろ』

いやー、すまんすまん。助かった。死んだかと思ったわ。

それはそうとさ、プニキュアの着地シーンってふわっと着地するのとズドンと着地するのがあるじゃん。俺ね、どっちかって言うとズドンと着地するほうが好きなんだ。だから次はそっちでやろうぜ。

『一人でやれ。付き合ってられるか』

「そんなこと言わずにさぁ」

『それよりも、君にはもっと気にすべきことがあるだろう』

そうだった。リントくんから逃げないといけないんだった。ちゃんと追ってきてるといいんだけど。そう思って後ろを振り返ると、ちょうどそのとき砲弾のようにズドンと何かが着弾した。

アスファルトに大きく亀裂を走らせて、リントヴルムは完璧な三点着地を決めた。スーパーヒーロー着地だ。翼を開き、立ち込める土埃《つちぼこり》を勢いよく薙ぎ払った。

「逃げられるもんならァ……！　逃げてみろよキュアゆうたァ……！」

そうそう、これこれ。こういうのがやりたいんだよね。

*

一方その頃。

ホワイトはと言えば、物陰で息を潜めながら、高鳴る心臓を必死に押さえていた。

(危な……危なかった……！)

ホワイトの担当はバックアップだ。灰色の男たちの作戦に彼女は含まれておらず、彼らが失敗した際のセカンドプランとしてリントヴルムと直接交戦することになっている。

その作戦にホワイトはあまり納得していない。彼らを危険に晒すというのがそもそもイケてない。根拠のない自信に押しきられて承諾こそしたが、こうして今物陰でヤキモキさせられている。

（せめて自分の立てた作戦くらいちゃんと遂行してくださいよー！　ばかー！　あほー！）

ぷんすか怒りながら気を鎮める。スピのフォローが無ければ自分が飛び出していたのは言うまでもない。ナツメには絶対に手を出すなよと言われていたが、そんなことはお構いなしだ。もしものときは割って入ろう。彼女はそう心に決めていた。

＊

鬼ごっこ。

それは人類《しょうがくせい》が叡智《ものごころ》を獲得する以前より繰り広げられてきた、原初の闘争である。

かつて俺にも灰色に染まらない時期があった。世の中全てがきらめいて見えていた日々があった。後先なんて考えずに、目的もなく走り回っていたあの頃があった。

誰かを追いかけるのが楽しかった。何かから逃げるのが楽しかった。足を踏み出すのが楽しかった。がむしゃらに、何かをするのがどうしようもなく楽しかった。ただ楽しくて、楽しくて、いつだって前だけ見て走り続けていた。

今の俺の背中を押すのは、そんなあの頃の残滓《ざんし》なのかもしれない。

『ナツメ、速度が落ちてるよ。ランニングフォームも乱れてる。落ち着いてリズムを整えるんだ』

「げほっ……。あー……くっそ……！　もっと、運動、しとけば、よかった……！」

ここ数年、ロクな運動もしてこなかったせいだ。少し走るだけでも喉の奥から酸っぱいものがこみ上げる。心臓は早鐘を打ち続け、足はとっくに悲鳴をあげている。肺が供給する酸素が足りない。目眩《めまい》までしてきた。

気分は最悪だ。だというのに、何故だろう。こうして走ってると、かつてバラ色だったあの頃を思い出す。

「ははっ……！　そうだよ……！　あの頃の俺は、俺たちは、どこまでだって走れる気がしたんだ！」

『ナツメ？　どうしたの？』

「ランナーズ・ハイってやつだよ！　舐めんじゃねえぞクソ野郎！　ただの灰色じゃ終わらねえぞ！」

地面を蹴るほどに体の中から余分なものが削《そ》ぎ落とされていく。積み重ねてきた無駄を切り捨てて、あの日の俺に回帰していく。

あの頃俺が夢見た未来はなんだったか。問いかけることすら忘れてしまった夢が、走り続ける中でふと蘇った気がした。

『ナツメ！　来るよ！』

「見えてる、ぜッ！」

空から風切り音が聞こえる。間髪容れずに体を左に弾くと、次の瞬間俺が立っていた場所にリントヴルムが着弾した。

「ヒャハッ！　限界は近いんじゃねえのか、キュアゆうたァ！」

「お前こそいつまでそんな寝ぼけた突撃かましやがる！」

鼻先数センチの距離でリントヴルムが爪を振るう。一歩下がって、俺はポケットに隠し持った殺虫剤を抜いた。

「必殺」

殺虫剤の噴射口にライターを添える。

「良い子も悪い子も真似すんなッ！」

「ぬおっ!?」

勢いよく噴射された可燃性ガスに引火し、けたたましく炎が吹き上がる。

狭い路地の中に放たれた炎は、きらめく明かりと共にリントヴルムの鼻先を焼いた。直撃はせず。しかし、距離が取れたのならそれで十分だ。再び走りながら炎を放ち続け、狭い路地に炎の足跡を残していく。これで追跡も困難になるだろう。

して、その効果のほどはと言うと。

「シャハッ……！　ぬりい火ィだなァ!?　龍の末裔《まつえい》にこんな火が効くかよォ！」

ほとんど効いていなかった。

燃え盛るゴミ箱や家屋やエアコンの室外機など気にすることもなく、リントヴルムは一直線に突っ込んでくる。くそ、なんだあいつ。化け物じゃねえか……！

炎の中を突き抜けてくるリントを見て、俺はとっさに民家の窓に飛び込んだ。炎上する路地裏、砕け散る窓ガラス、飛び込む一般大学生。誰もいないリビングで受け身を取り、立ち上がってすぐに走り出した。

リビングから二階に上がり、きっと娘さんの部屋だったであろう可愛らしい子ども部屋の窓から屋上に這い上がる。そこから更に、屋根伝いに隣家へと飛び移ったところで振り返った。リントヴルムは追っては来なかった。

「はっ……どうだ……！　ここまでやれば撒いただろ！」

『君、すごいね。スタントか何かやってたの？』

「俺がこんなことできるわけねえだろ！　火事場の馬鹿力だよ！」

『いっそ清々しいほどの綱渡りだ』

空になったスプレー缶を投げ捨てて、屋根から屋根へと飛び移る。どうせすぐに追いつかれる。それまでに距離を稼がなければならない。

ここでリントくんの気持ちになって考えてみよう。獲物を見失った彼は燃え盛る炎の中で一体何を考えるのか。パウンドケーキの焼き加減を気にしているかもしれないし、もしくは革命的なベイクドポテトの焼き方を閃《ひらめ》いているかもしれない。そういった希望的観測を排除していくと、彼の次の行動が見えてくる。

「やべえな、ここは目につく。一旦地上に戻るぞ！」

『え、なんで？』

「あいつには翼があるからだよ！」

目についた電柱に飛び移り、するっと地上に飛び降りる。それから俺は再び近隣の家の窓を蹴破り、中に潜り込んで息を潜めた。

間髪容れず、先程放火してきた家が崩れる音がした。続いて聞こえた荒々しい羽ばたき音が空へと遠ざかっていった。

「キュアゆうたァッ！　どこ行きやがった！　逃げ回ってねえで出てこいやァ！　出ねえとぶっ殺すぞクソ野郎ッ！」

出ていっても殺されるじゃねえか。

案の定、空からの索敵だ。空を飛べるあいつがその手に出ないはずがない。怒り狂うリントヴルムは、荒々しく羽ばたきながら上空数十メートルを高速で飛び回っていた。

「よっし、後は見つからないように家から家に移動すれば行ける……！　日本式密集家屋舐めんなよ！　よく燃えんだぞこれ！」

『それはいいんだけどさ、ナツメ』

「なんだ!?」

『僕たちの目的地、あっちなんだけど』

スピが前足を指したのは大通りのほうだ。そう。俺たちは何も闇雲に走っているのではなく、作戦地点を目指して絶賛邁進中なのだ。――ではなく。問題は、作戦地点にたどり着くために大通りを横断しなければならないことだった。

普段ならば通学通勤に大活躍な大通りも、この状況では屈指の危険地帯と化す。空から身を隠す障害物もないくせに、路上は無人の車で埋め尽くされているのだ。通りにくいことこの上ない。

「くそっ！　なんでこんなとこに大通りがあるんだよ！　駅前だからって大通りばっか作りやがって、ふざけんじゃねえぞ！」

『君の陳情は後で市長に届けるといい。都市計画に殺されそうになったってね。それよりも』

「まだなんかあんのか!?」

『あんまり騒いでると見つかるよ。少し落ち着け』

ごもっともだった。

二度深呼吸して落ち着きを取り戻す。さて、空にリントヴルムが飛び回っている現状で、見つからないように大通りを抜ける方法を考えなければならない。段ボールではダメなのだ。

「変装――いや、ダメだ。人気もないのに変装なんてしてどうする。だったら迷彩？　市街地用の迷彩服なんて、そう都合よくは……」

『絵の具ならあったよ。灰色のやつ』

「しゃあねえ、それで我慢すっか」

手のひらに絵の具をぶちまけて、手足と顔に塗りたくる。月明かりしかない夜だ。肌色を隠すだけでも大分マシだろう。

ついでにゴルフクラブを拝借して武装し、冷蔵庫を勝手に開けてスポーツドリンクを一気飲みした。悪いな知らない家の人。現実世界には影響しないから勘弁してくれ。

「後は陽動だ。スピ、家中の時計をかき集めてくれ。アラームがついているやつだけでいい」

『ほい来た』

　集めた時計のアラームを同じ時間にセットする。全部まとめて裏手に仕掛け、路地を伝ってその家を離れた。十分に離れたところで息を潜めることしばし。物陰から空を窺うと、リントヴルムは変わらず荒々しく空を飛び回っていた。

（一瞬で良い……！　大通りを渡る時間だけ、目を逸《そ》らせられれば……！）

　数分後、静かな街にアラームが鳴り響いた。リントヴルムが仕掛けたポイント目掛けて急降下する。それを確認し、俺は走った。

　空も後ろも振り返らない。向かいの路地目掛けての全力疾走だ。道を占拠する車の間をすり抜けながら、まっすぐ前だけ見て走り続けた。

「よう。そんなに急いでどこ行くんだよ」

　大通りを半分も渡ったところで、耳の裏を撫でるような声がした。

　激しい風圧に体がよろめく。直後、俺の進路を阻むように、上空からリントヴルムが着弾した。着地点にある車を踏み潰し、烈火の殺意を俺に叩きつける。

「甘えんだよ！　テメエの生っちょろい陽動なんざ通用するか！　お前があの家にいないことくらい、突っ込んだらすぐ分かったわ！」

「しっかり引っかかってんじゃねえかバーカ！　身体能力だけでなんでも解決してんじゃねえ！」

「うるせえ！　それが龍の戦いだ！　文句あっか！」

　バシンと尾を叩きつけると、車はまるで紙細工のようにひしゃげた。なんつー馬鹿力。あんなもん食らったら死ぬぞ。

　なんとか横をすり抜けたいところだったが、リントくんは完全にカチ切れていた。指一本動かせば殺す。そう言わんばかりの蛇睨みである。

「チェックメイトだ……！　いつまでも逃げ回ってねえで、俺と遊ぼうぜキュアゆうたァ！」

「ははッ……！　いいぜ、躾けてやるよトカゲ野郎……！」

　クソ、こうなったらもうやるしかない。賽《さい》は投げられた。この期に及んで四の五の言えない。可能な限り避けたかったが、リントヴルムと直接交戦する状況も想定の内なのだ。

　この状況は特に念入りにシミュレートしてきた。リントくんと俺の身体能力を比較し、少しでも勝率を高く持てるように、こいつの弱点は徹底的に洗い出してある。

　そこから導き出せる結論は一つ。

「……あ？　どうした、避けないのか？」

　絶対に勝てない、だ。

　瞬き一つの間に俺は吹き飛ばされていた。痛みを覚えてから、ようやく自分が何を食らったかを知覚する。みぞおちに一発、挨拶代わりの掌底。構えたゴルフクラブで防ぐ暇も無かった。

　一撃で肺の空気が全て絞り出され、肋骨《ろっこつ》がきしみを上げる。トラックの車体に背中から叩きつけられ、崩れ落ちて激しくむせた。

「おい、おい、おい。何考えてるか知らねえが随分と余裕じゃねえか、あ？　おら、立てよ。まさかこれで終わりじゃねえよなァ？」

「……っ。ああ……！　こんなんじゃ、まだ、終われねえなァ……！」

ふらふらと立ち上がるのを待ってくれただけでも御の字だろう。直後にリントが接近し、俺は全力で体を横に投げ出した。受け身すら考えない緊急回避。しかし地面に激突するよりも早く、方向を切り替えたリントヴルムのつま先が俺の額を捉えた。

バチンと瞳の奥で星が散る。一瞬で気が遠くなる。無我夢中で歯を噛んで、意識だけはなんとか保った。

「お前……」

何故か、俺を蹴り飛ばしたリントくんのほうが戸惑っていた。

「まさか、もうネタ切れか……？」

戸惑いを通り越して、悲しそうな声がした。俺はそれに答えることができなかった。地面に無様に転がって、痛みを堪えることで精一杯だった。

「おい、冗談だろ。本当にこれで終わりかよ。こんな口だけの野郎に、俺は二度も邪魔されたっていうのかよ！」

リントヴルムの内から戦いへの喜びが消えていく。代わりに現れた色濃い失望は、すぐさま怒りへと変わっていった。

「つまんねえ……！　クッソつまんねえ！　ああ、クソ、畜生！　お前は俺の敵だろうがッ！　こんな簡単に無様晒してんじゃねえぞ！」

「無茶……言うんじゃねえよ……！」

「俺はお前のことを買ってたんだよ！　姑息《こそく》な手こそ使いやがるが、お前らが俺の前に何度も立ちふさがってみせたことには違いねえ！　それがどうした⁉　なんだよこのザマは！　これがお前の底か⁉　立てよキュアゆうたァ！　魔法でも呪術でもとっとと使え！　俺をもっと楽しませろ！」

ボロボロになって這い上がる。これが底か、ね。何を分かりきったこと言ってんだ。俺たちはいつだって底辺を這いつくばる深海魚だよ。

俺は世界を守る魔法少女じゃない。使命に目覚めたプニキュアですらない。力を与えられたヒーローからは、最も遠い存在だ。

いつだって俺たちはただの人間。きらびやかなバラ色を横目で眺める、いてもいなくても変わらない無力なモブだ。何ができるわけでもない、賑《にぎ》やかし未満の一般人に過ぎなかった。

「あいにくと魔法も呪術も持ち合わせてなくってね。悪いな、結局のところ俺はただの大学生だ。酒飲んで、ゲームして、単位を落とすくらいしか能がねえ」

だから俺たちは。

そんな灰色に、中指を立てた。

「だがな、世界を救うことならできるぜ」

俺はスマホでメッセージを送った。

これは一種の宣誓だ。夢と希望を失って久しい俺たちが直面した、未来を大きく左右する決断だ。

俺はプニキュアになりたかった。プニキュアじゃなくてもいい。選ばれた何かになりたかったんだ。人とは違う力を得て、人とは違う使命に目覚めて、人とは違う生き方をしたかった。

でも俺は、俺たちは、そんな風には生きられない。灰色の中をくすぶるように生きている。だから。

ここから全てを変えてやろうって、いつだってバラ色を目指し続けたんだ。

「ナツメー。もう始めちまっていいんだなー？」

「おーおー、派手にやられたなあ。あんまりシロハちゃん心配させんじゃねえぞ」

「お前と一緒にすんじゃねえよ。俺はちゃんと卒業できるくらいの単位は取ってる」

ビルの間から灰色の男たちが這《は》い出《で》てくる。しみったれた面にガキのような瞳を宿した奴らは、並び立つように布陣した。

バラ色を目指してがむしゃらに走り続けた末に行き着いたこの場所で。未来を夢見て伸ばし続けた手が輝くなにかに初めて触れた。それを摑み取るためならば、俺たちはどこまでだって行ってみせる。

さあ、第二ラウンドと行こうぜリントヴルム。安心しろ、退屈なんかさせねえよ。

＊

一方その頃。

（心臓が……心臓がいくつあっても足りない……！）

ホワイトはすっかり疲労困憊《ひろうこんぱい》であった。一体どれだけ綱渡りをしたがるのかあの男は。頼むから少しくらい安心させてほしい。きっとこの前一緒に見た映画のせいだ。アクション映画はしばらく見たくないと、明後日の方向に恨みを向ける。ほんの少しの現実逃避。何の意味もなかった。

ジェットコースターとフリーフォールと一回転バイキングに一度に乗ったような疲労感。よくもまあ、飛び出さずに我慢できたものだと、自分を褒めてあげたい気分だった。

（世界なら私が救いますから……！　お願いだから危ないことしないでくださいよー！　ばかー！）

今にも裏返りそうな心臓を必死に落ち着かせる。退屈なんてとんでもなかった。

＊

頭数が増えたことで彼我の戦力差がひっくり返ったかと言えば、そんなことはなかった。一般人が群れたら群れた一般人ができあがるだけだ。群れた一般人が化け物を倒せるはずもない。そんなことは分かっている。

「シャハッ！　良い、良いぜェ！　やっぱお前ら面白え……！　いくらＳＯＬ３の潜在因子とは言え、戦いも知らねえゴミムシにしては噛み応えがあるッ！」

リントくんはすっかりご満悦だった。さっきの残念そうな顔もどこへやら、満面の笑みで高らかに哄笑《こうしょう》する。気に入っていただけたようで何よりだ。

楽しそうな彼には悪いが、正攻法で挑む気はない。俺たちの勝利条件は作戦地点に到達することだ。この場で倒すことは最初から想定していない。

「灰原。物《ブツ》は回収できたか」

「もち。侵入にちょっと手間取ったけど、一式かき集めてきたぜ。他の奴らにはもう配ってるよ」

灰原たちに任せていたのは必要物資の回収だ。自衛隊基地まで車でひとっ走りして、様々なわくわくグッズをかき集めてもらってきた。

普段の俺たちなら絶対に手に入らない代物だが、この世界ならばお構いなしだ。忍び込もうと盗もうと現実世界には何の影響もない。

「ナツメ、お前の分だ。使い方は勉強してきたよな？」

「任せろ。シューティングならやり込んだ」

「せめてＦＰＳにしとけよ」

九ミリ拳銃。受け取った殺しの道具は、手のひらに嫌な重みを残した。

銃器への憧れがなかったと言えば嘘になる。高校の頃はモデルガンなんかも持っていた。だが、実際に人を殺せる道具を手にした感想は、そんな浮ついたものではなかった。

「安全装置《セーフティ》の外し方は分かるな。銃口は絶対に人に向けるな。気をつけろ、引き金は思ったより軽いぞ」

「あ、ああ……」

「それから。俺たちも、お前と同じ気持ちだから」

肩を叩く灰原の手は、小刻みに震えていた。

俺の手にあるのは自動式拳銃だが、灰原たちが持っているのは八九式五・五六ミリ小銃。アサルトライフルだ。手にした重みは相当のものだろう。

忘れてはいけない。俺たちはただの大学生だ。一人でこんな重みを抱えられるやつなんて、この中には一人だっていない。

「悪いな、ナツメ。手榴弾《しゅりゅうだん》は持ってこれなかった」

「いや、いい。それでいい。無理を頼んで悪かった」

「……すまん」

灰原の気持ちはよく分かる。銃器ですら重いのに、爆弾なんて重さは背負えない。

俺は安全装置を外して銃口をリントヴルムに向けた。呼吸を止めて照準を定める。覚悟はまだ間に合っていなかった。

「ハン、火薬で飛翔体を射出するSOL3の主流武装か。なかなか趣味の良い骨董品《アンティーク》だ。いいぜ、やってみろよ。つっても――」

撃った。

重々しい反動が手のひらに残る。空を裂いて飛翔した弾丸は、狙いどおりにリントの頭を捉えた。ギィンと金属質の衝突音。弾丸は、リントヴルムの歯に挟まれて潰れていた。

「そんなもんじゃ、マッサージ機にもならねえな！」

鉛の弾丸は砂糖菓子のように噛《か》み砕《くだ》かれた。リントはペキパキと咀嚼《そしゃく》して、おかわりを求めるように口を開く。くっそ、舐めやがって。もう一度引き金を引くと、今度は狙いが逸れて車のガラスを割った。

「やっぱ現代兵器は効かんよな」

「こんなもんで倒せちまったら面白くないっしょ。お前らも効くと思って撃つのはやめとけよー。あくまでも足止め用だ。むしろ跳弾に気をつけろ。絶対に仲間に当てるなよ。絶対に、だ」

灰原が小銃を構えると、灰色の男たちは一斉に銃をリントヴルムへ向けた。それから灰原は、横目で軽くウィンクを飛ばす。

「なあなあナツメ。あのセリフ、言うなら今じゃね？」

「お前マジかよ。あれフラグだぞ」

「やりたいんだよ。良いだろ」

最高にいい顔をしていた。灰原が平常運転を保とうと意識しているのは俺にも分かる。分かった分かった、乗ってやるよ。俺は灰原の手を叩いて、リントヴルムに背を向けた。

「ナツメッ！　ここは任せて先に行けッ！」

灰原が吠える。俺は走った。

後方で響き渡る発砲音も、アスファルトが爆砕する音も、鳴り響く車の警報音も、何もかもを後ろにおいて。目的地に向かって全力で走った。

「ヒャハハハッ！　殿《しんがり》は仲間に任せて自分はトンズラかァ！　賢いこったなぁキュアゆうたァ！」

哄笑は空から聞こえた。クソ、あの野郎、飛ぶのはズルじゃねえか……!?

走りながら空に向けて発砲する。すぐに後悔した。不安定な姿勢で撃った弾丸は明後日の方向に飛んでいき、衝撃で手のひらが痺《しび》れただけだった。

「チェックメイトだって言ったろうが！　お前はとっくに詰んでんだよ！」

空を見る。片腕を振り被ったリントヴルムが、今にも突っ込もうとしていた。

足止めが功を奏さないというのはシミュレーションしてきた中でも最悪の部類だ。こうなってはもう、腹をくくるしかない。

「させっ！　るかッ！　よオッ!!」

灰原が叫ぶ。それから、俺とリントを結ぶ直線状に、一つの飛翔体が割り込んできた。

真っ黒なスプレー缶によく似た投擲《とうてき》物。閃光手榴弾《フラッシュバン》だ。

「ふ…………ッ!!」

足を止める。振り向く。銃を構える。狙いをつける。息を止める。

求められるのは一瞬の集中だ。チャンスは一度だけ。失敗は決して許されない。ロクに使ったこともない拳銃に、全身全霊をかけるしかない。

これまで味わったことのない極限の集中。世界が開いていくような感覚がした。次第に視界から色が脱落していき、俺の頭で何かが噛みあった瞬間、気がつけば指は引き金を引いていた。

「……っだらあッ!!」

瞬間、空中で閃光と轟音が炸裂《さくれつ》する。放たれた弾丸はまっすぐに閃光手榴弾を撃ち抜いて、リントヴルムの眼前で炸裂させた。

どうなったかを確認することもなく、すぐに俺は走り出す。弾丸を撃つ寸前に片目を閉じたが、強烈なルクスは俺の視界の大部分を奪い去っていた。

何度も物にぶつかりながらよたよたと走り続ける。何故だろうか。不思議と、笑みがこぼれていた。

「ハハッ……！　見たかよ畜生！　あの小さい的を一発でぶち抜いたんだ！　俺才能あるんじゃないか!?」

『いやあ……。正直大したものだね。初弾も命中させてたし、とても初めてとは思えない』

真後ろからもう一つ轟音が響き、閃光が俺を追い抜いた。断続的に発砲音が鳴り響く。すまん、お前ら。後は任せた。

ただただ前を目指して、無我夢中で走り続ける。今にも死にそうな状況だというのに、俺はこのとき笑っていた。多分だけど、あいつらも笑っていたんじゃないかと、そう思った。

*

一方その頃。

ホワイトの心は凪《な》いでいた。

(もう知るか……。勝手にやってくださいよ……)

すっかり捨て鉢になっていた。こっちはこんなに心配してヤキモキしているのに、当の本人は嬉々《きき》として危機に飛び込んでいく。嬉々的な危機。いや、何も面白くないが。

おまけにナツメも灰原たちも、リントヴルムすらも、誰も彼もがこの命がけの狂騒を楽しそうに駆け抜けている。一体何が楽しいのか。ホワイトには全く分からないし、心配するのもいい加減疲れた。そんなに楽しいなら勝手にやってください。ただし、怪我だけはしないように。この願いは誰に捧げればいいのだろうと自問して、無意味を悟った。

(全く、もう)

ホワイトにできることと言えば、物陰でやけっぱちなため息をつくことだけだった。

(男の子って、本当にバカだなぁ)

*

それからの数分間は目まぐるしい攻防が続いた。

必死で走り続ける俺。猛追するリントヴルム。あの手この手で妨害を仕掛ける灰原と愉快な仲間たち。

映画のようなアクションを何度もこなし、無人の街並みを木《こ》っ端微塵《ぱみじん》に砕きながら駆け抜ける。熾烈な攻防の末、目的地まで後少しのところで灰原部隊は撤退した。

何のことはない。弾切れだった。

「マジですまん……。代えのマガジンもっと持ってくれれば良かった。くっそ、見通し甘かったわ」

そんなメッセージを流し見て、俺は灰原に電話をかける。挨拶も抜きに早々に本題に入った。

「プランFだ。灰原、各方面への展開を頼む」

「了解。やー、マジですまんかった」

「いや、助かった。そっちに被害はあるか？」

「全員腕が痺れたってよ。明日の講義はノートが取れそうにない」

「普段から取ってないだろ」

負傷者がいないなら十分だ。一応もしもの事態になったら、スピが結界から現実世界に移動させることで緊急避難をする予定だったが、無事ならそれでいい。

さて、もういいだろう。ゆっくりと振り返る。踏切《ふみきり》を挟んだ向かい側で、腕組みをしたリントヴルムが待っていた。

「話は終わったか？」

「お祈りがまだなんだ。もう少し時間をくれ」

「悪いがもう待ちくたびれた。代わりと言っちゃなんだが、神さんには俺から話をつけといてやる」

口笛を吹く。俺がニヤリと笑うと、リントヴルムもこれまたいい笑顔で返してくれる。こうして俺たちは三度相対した。

リントヴルムから放たれる殺気は尋常ではなかった。これ以上一歩でも逃げようものなら、その瞬間首を刎《は》ねる。そんな気迫を感じる。

……できるなら、駅までたどり着きたかった。まあいい、踏切でも作戦の遂行は可能だ。ただ、少しばかり時間稼ぎがいる。

「なあ、キュアゆうた。俺とお前は何度となく話をしてきたな。その全ては意味のない戯言《たわごと》だったが、俺は結構あの時間が気に入っていたんだ」

「へえ。そう思ってもらえるなら何より」

「ああ……。だから今、残念でならない。お前と話をするのはこれが最後になっちまう」

残念なのは俺も同じ気持ちだ。俺とリントヴルム。魔法少女と侵略者。この夜を越えて立っていられるのは、どちらか片方しかいない。

泣いても笑っても、これが最後の瞬間だ。

「リントヴルム。決着を付ける前に、一つだけ聞いておきたい」

「まだ喋り足りねえのかよ。ったく、お前ってやつは」

リントヴルムはニイと笑う。なんだかんだ付き合いが良いやつだ。俺もまた、こいつのこういうところを気に入っていた。

「介入か、観測か。どっちだ」

それは、最初にこいつ自身から与えられた問いだ。

俺はこの言葉の意味をずっと考えてきた。古森に聞いてもよく分からなかったし、音無に聞いても答えは得られなかった。本当のところは取るに足らない意味しかないのかもしれない。だが俺は、何かとても大切なことのように思えた。

「何を今更分かりきったことを聞く。介入派閥だよ、見てのとおりな」

介入と観測は、侵略者の派閥を指す言葉だというのは古森から聞いていた。となると、リントヴルムもどちらかの派閥に属している。それは想定の内だ。

「派閥？　本当にか？　お前のやっていることが、本当に派閥としての行動だって？」

「ハッ。何が言いたい、お前は」

リントヴルムは小さく舌打ちをする。図星のようだ。

思えば違和感は最初からあった。確かにこいつは侮れない強敵だが、こいつ一人で魔法少女を追い詰めたとは考えにくい。それにシロハの話では、二年前はもっと多くの侵略者たちが襲撃しに来たという。

ならば、今になって単独で魔法少女狩りをするリントヴルムの行動には、多くの謎がつきまとう。

「チッ……。誰から聞いたかは知らんが、正解だ。龍星軍《ドラゴニック・フォース》第四上陸部隊の最後の一人《ラストワン》、それが俺だよ」

「最後の一人？　他の奴らはどうした？」

「あの腰抜けどもは決着を目前に引き上げやがった。俺にも撤退命令は来てたが、それがなんだって言うんだ？　戦場も知らねえどっかの誰かの思いつきで、俺の戦いは終わらねえよ！」

マジかよ。上層部の意向に従わない兵隊とか最悪の代物じゃねえか。武力と悪意を持ち合わせ、思うがままに暴れるとんでもない迷惑野郎だ。こいつがその気になれば、そこら中ぶち壊しまくって暴れまわってもおかしくは——いや、待て。

そうだ、こいつはそこら中ぶち壊しまくって暴れまわることもできたはずだ。なのにどうしてこいつは、わざわざシロハの前に姿を現す？　どうしてスピが展開した結界の中で戦おうとする？　どうしてこいつは——。シロハだけを狙うんだ？

「お前……まさか……」

いつかシロハに聞いたことがある。侵略者の目的は何かと。そのときはスピにはぐらかされたが、それはつまり、そういうことか。

「お前の目的は、魔法少女だけを殺すことか……!?」

俺の問いに、リントは眉をひそめた。

「んなの当たり前だろ。魔法少女以外には最初っから興味ねぇよ。そうでもなきゃこんな星までわざわざやってくるかっつの」

足りないピースがハマった感覚がした。それは、最低の現実を俺に突きつけた。

「スピッ！　クソッ、テメエ、最初から知ってやがったな!?　知っててこれを……！　黙ってたってのか……!?」

『君は……。本当に、察しが良い。嫌になっちゃうよ』

「これをシロハは知ってんのか!?　答えろッ！」

食いかからんばかりの勢いでスピに詰め寄る。叫びたい気分だった。

大事なのはシロハがこれを知っているか否かだ。侵略者を招いているのは、魔法少女の存在そのものであるのだと。それを知った彼女が世界を守るために何を選ぶかは想像に難くない。

『まだ知らない。でもね、戦いを知って数週間の君でも分かったくらいだ。いつ気がついてもおかしくない』

「……そうか。そうだよな、クソッ。畜生……！」

『だから、知らせるな。誰にも言うな。絶対に、だ。分かったか』

「当たり前だ馬鹿野郎ッ！」

こんなこと誰にも言うものか。俺は、あいつを、そんな風に苦しめたくはない。

地面に降りたスピはリントヴルムをじっと見上げる。聞きたいことがある。そんな顔をしていた。

『ねえ、リントヴルム。君たち介入派の侵略者がどうして魔法少女を狙っているのか、聞かせてくれるかな』

「あ？　教えられねえよ。軍事機密だ」

『そうか。だったら質問を変えよう。いつか君が言っていた、ヒーローという言葉。あれはどういう意味だ』

「……それは同じ意味の質問だな。答えられねえ」

リントヴルムはつまらなそうに言う。軍事機密なんて、お前にとっては何の意味もないくせに。

それでもリントは口を渋り、スピは追及を諦めなかった。

『魔法少女を殺せば、君はヒーローになれるのか』

「チッ。テメエらと話してるとやりづらくてしょうがねえ。分かった分かった。一つだけ教えてやる」

　肩をすくめ、リントヴルムは軽く言った。

「魔法少女なんつー最低最悪の化け物を狩るんだ。ヒーローって呼ばれるのも当然だろ？」

　瞬間、スピが殺気立った。

　ざわりと肌で感じられるほどに、スピの周りを何かが蠢《うごめ》いていく。いつか廃ビルでシロハから感じたものとは別種の、より濃密な何か。おそらくそれこそが、魔力と呼ばれるものだ。

　殺気と共に魔力を放つスピは、空中にいくつもの魔法陣を描く。溢れ出す怒りは結実して今にも弾けようとしている。そんなスピを、俺は片手で拾い上げた。

「落ち着け。お前が戦ってどうすんだ」

『邪魔をするな。僕は、あいつの、息の根を止めなければならない』

「お前もシロハのこと大好きだなー……。まあ、気持ちは分かるけどよ」

『だったら！』

「作戦外の行動は慎めってんだ。任せろよ」

　あいつは、俺がぶっ潰すから。

　ポケットの中でスマホが小さく震える。向こうの準備が整ったらしい。時間稼ぎもここまでだ。

「ったく。いつもこうだ。聞きたいことはまだまだあるってのに、後少しのところで時間切れになっちまう」

「あ？　何の話だ？」

「こっちの話だよ」

最後にスマホで合図を送る。ニイタカヤマノボレ、と。意味は通じるだろう。あいつら勉強はしないくせに、こういう教養だけは無駄にあるからな。

「ゲームセットだ。ほれ、やるよ」

俺はスマホを放り投げる。レザーケースに包まれた型落ちのスマートフォンは、レールにあたって敷石《しきいし》の間に落ちた。俺とリントヴルムが追いかけっこをしていた理由はそれだ。それさえ奪えば、俺とこいつの鬼ごっこは終わる。

「おい、どういうつもりだ」

「見てのとおりだよ。お前の勝ちだ。そいつはくれてやる」

「はァ……？　今更になって怖気《おじけ》づいたのか、お前。ふざけんじゃねえぞ」

「まあな。俺も命が惜しいんだ。俺はここで降りるから、後のことは勝手にやってくれ」

「……つまんねえ。マジつまんねえよ、お前」

リントヴルムは線路に落ちたスマホを探す。そりゃ悪かったな。でもまあ、俺の演技力も捨てたもんじゃないだろ？　いつもの調子で言えたんだから。俺は肩をすくめて踵を返し、踏切からゆっくりと距離を取った。

——生きて帰れると思うなよ、トカゲ野郎。

「ああ、そうそう。リントくんさ。チェスのルール勘違いしてるぜ」

「はあ？　チェスがどうしたって？」

ちょうどそのとき、最高加速の電車が、警笛も鳴らさずに踏切に突っ込んだ。

「まずはチェックをすんだよ。こうやって」

「んなッ……！」

時速百三十キロをオーバーして暴走する巨大な鉄の龍が、リントヴルムに突き刺さる。

プランF、灰色電車特攻。線路上に誘導したリントヴルムに、最高加速の電車を叩きつけて息の根を止める作戦だ。

準備はとても簡単。電車のコントローラーを最高速に固定してすぐに降りる。それだけだ。オプションで踏切の警報を破壊しておくと、成功率は更に高まる。なお車両内に爆薬を詰めるプランも検討されていたが、準備の危険性から却下された。

「クソがあああッ‼　こんなもんで、俺を、殺せるかああああああッッ‼」

爪と翼を大きく広げ、リントヴルムは電車を受け止めた。線路と足の間で激しく火花を散らしながら、凄まじい速度で後退していく。

正直俺は目を疑った。いくらこいつが人外とは言え、最高速で突っ込んでくる電車を正面から受け止めるなんて。まさか本当にやってみせるとは思わなかったんだ。

念には念を入れておいて本当に良かったと思う。リントヴルムの背中側から突っ込んでくるもう一本の電車を眺めて、俺は親指を下に向けた。

「で、これがチェックメイト」

「はっ――――⁉」

電車と電車の間で、リントヴルムはサンドイッチの具になった。

金属がきしむ凄まじい轟音が鳴り響き、電車の先頭部分が激しく潰れる。脱輪した車両がのたうち回りながら転がった。危ないからもう少し離れると、吹き飛んだなにかの部品が俺の鼻先を高速でかすめていった。おーこわ。

一通りの大事故が収束すると、あたり一帯は何もかもが破壊されていた。電車も、線路も、踏切も、何一つとして無事なものは残っていなかった。

「悪いな。俺、チェスで負けたことないんだわ」

拳銃を空に掲げて、引き金を三回。それをもって作戦終了の合図とした。

＊

以上。魔法少女の力を借りずに、俺たちの力だけでリントヴルムをやっつけよう作戦。またの名を、一人でできるもん大作戦の全工程でした。

正直これだけやってもまだ生きてるんだったらもう知らん。一般人にはどうにもできん。そういうもんだと諦めて、指をくわえて見ているしかない。

「おーおー。派手にやったなあ。なんもかんもぶっ壊れてるじゃん」

「うっわ、大事故じゃん……。これさすがに怒られるんじゃね？」

「誰が怒るんだよ。いや、大丈夫。大丈夫だって。……大丈夫だよな？　これ、ちゃんと戻るんだよな？」

合流した灰色の男たちは、しょうもないところで小心者を発揮していた。だから大丈夫だっつの。……え、大丈夫だよね？　スピさん？　なんかすごい派手にやっちゃったけど、現実に戻ったらいつもどおりなんだよね？

俺の狼狽《ろうばい》を感じたスピは小さく嘆息した。待って、それどういう意味？　大丈夫だよね？　本当に大丈夫なんだよね⁉

「よー、ナツメ。上手くいった？　万事計画どおり？」

「あ、ああ……。もちろん。大丈夫、大丈夫のはずだ。大丈夫……ここは現実じゃない……。そう、これは夢なんだ……」

「あほか」

灰原に手刀を受ける。少し冷静になった。

灰原は粉々にぶっ壊れた自販機からコーラ缶を二つ拾うと、片方を俺に投げ渡す。……ああ、やっぱコーラだわ。少し落ち着いた。

一息つくと、灰色の男たちは雁首揃えて俺のほうをじっと見ていた。何か言えってことらしい。

期待に応えられるかは知らんが、俺はひらひらと手を振った。

「なんつーかさ。作戦がバシッと決まったら、スカしたセリフで顰蹙《ひんしゅく》でも買う気だったんだよな。でもダメだ。今の俺が言っちまうと本当にカッコよくなっちまう」

「そうでもないぞ」

「ったく、できる男はつれえなぁ……」

「だからそうでもないっての。安心しろ、お前は何をやっても俺たちのナツメだ」

灰原が飲み干したコーラ缶を投げ捨てると、ほどよく気の抜けた歓声が上がった。はいはい。まあ、俺らってこんなもんだよな。

「で、リントヴルムは？　どうなった？」

「瓦礫の下。ぺしゃんこになったよ」

「倒せたと思う？」

「ははっ。いやまあ……。この惨状だぜ。さすがに倒しただろ」

俺たちはへらへらと乾いた笑みを浮かべる。そんなバカ面とバカ面の間を、車輪が吹き飛んでいった。

「……は？」

「……マジ？」

錆びついたロボットめいた緩慢な動きで瓦礫の方を向く。

ぐしゃぐしゃに潰れた二本の電車を片手で持ち上げて、リントヴルムが立っていた。

「シャハッ……。ゴミムシどもが……なかなか……やるじゃねえかよぉ……！」

「おい冗談だろ⁉　お前、あれ食らってまだ生きてんのか⁉」

「ったりめえだ……！　こんなもんじゃ死ねるわけがねえだろうがァ！」

電車を引きちぎるように吹き飛ばし、リントヴルムは重量から解放される。傷だらけの鱗。しかし、それでも奴は二本の足で立ち、両手を広げて獰猛で凄絶に嗤《わら》う。傷だらけの体に傷だ莫大な生命力と底なしの闘志が気炎を上げていた。嫌でも理解させられた。こんなものじゃこいつは死なない。たとえどれだけ打ちのめそうと、こいつの心は殺せない。

異形だ。獣の本能を解き放った、闘争と暴力の異形がそこにいた。

「もっと……もっと……死ぬ気で来い……ッ！　死にもの狂いで俺に抗え……ッ‼　テメエの……死ぬ気を……ッ！　俺に見せろよッ、キュアゆうたァッ‼」

心臓を引きずり出すような敵意と戦意。一歩、思わず足が下がる。

格が違う。覚悟が違う。くぐってきた死線の数が違う。俺の前に立つのは本物の戦士だ。戦いを生業とし、命のやり取りを日常とした異次元の怪物だ。

こんな怪物、一体どうやって倒せばいい。電車と電車で押しつぶしてもまだ生き残るような化け物に、俺たちは一体何ができる。萎縮しそうな心を懸命に奮い立たせて、俺は何か手段を探す。用意してきた作戦は全て使いきった。

だったら、次は……。次は……⁉　俺に、何ができる……⁉

「ナツメさん」

一つ、軽い声がした。

瓦礫に花が咲くように、白の少女が戦場に舞い降りる。どこからか現れて、すとっと着地した彼女は、優美な白剣を手に振り返った。

「そろそろ、私の出番でいいですよね」

彼女は当然のようにリントヴルムに向きあった。

暴力的なまでの戦意を放ち、触れるもの全てを破壊せんばかりの闘志をむき出しにする獣に、あまりにも当然に向かいあった。恐れも怯みもせず、刃一本に命を賭けて。それが自らの役割だと言わんばかりに、彼女は敵に剣を向けた。

なんでそんなことができる。どうしてこれに刃を向けられる。そんな馬鹿な問いに、俺は律儀に自答した。

シロハ・ホワイトが魔法少女だからだ。

「良いところに来たじゃねえか、魔法少女ォ！　こちとらすっかり温まってんだ！　覚悟が間に合わねえとは言わせねえぞ！」

「十分ですよ。始めましょうか、リントヴルム」

リントヴルムは地に両手両足をつけ、龍のように雄叫びをあげる。シロハは涼しい顔でそれを受け止め、視線だけを俺たちに向けた。

「ナツメさん、灰原さん」

それが合図だった。

「下がっていてください」

そこから繰り広げられた戦いは、俺の理解を越えていた。

超高速で飛翔する白と龍が衝撃を撒き散らし、街並みに破壊の痕跡だけが積み重なる。空と大地とを駆け回りながら、斬撃と回避と殴打と防御とが目まぐるしく応酬する。どちらが押しているのかも、何を狙っているのかも分からない。一瞬の思考と一瞬の選択が築き上げた攻防は、俺たちの目にはわけが分からないものとして映った。

ただ一瞬の攻防すらも、俺たちに介在する余地はない。あまりにも非日常。あまりにも異次元。

一般人が一般人のままこの戦いに加わることがどれほど愚かしいことなのか。

まざまざと、見せつけられていた。

「ナツメ……。退こうぜ」

「……そうだな」

これもまた、作戦どおりと言えばそうなのだ。

俺たちが可能な限りリントヴルムを追い詰めて、詰めきれなかったらシロハに交代する。そういうセカンドプランは最初から視野に入れていた。だからこれも、予想外の事態というわけではない。

だと言うのに、俺も灰原も、まるでこんなことは考えていなかったかのように瞳を揺らして。

——悔しくて、奥歯を噛みしめた。

「よーっす。やってんね」

戦場に不釣り合いな、旧知の友を呼びかけるように軽やかな声。それから小さなリップ音。

ビルの屋上に腰掛けて。月夜を背負って、ぷらぷらと足を揺らしながら。

古森鏡子がそこにいた。

*

一方その頃――というほどでもないが、ホワイトはと言えば、全身全霊で超高速戦闘に没入していた。

ずっとヤキモキしながら待ち続けた瞬間だ。溜まりに溜まったフラストレーションを発散せんとばかりに、戦いの世界に飛び込んでいく。やはり、こうしていたほうが、性に合う。

斬って、捌いて、流して、また斬る。重ねて逸らして浮かせて斬る。たまに殴られたり斬り裂かれたりもするが、攻めの姿勢は崩さない。前へ前へと飛び込み続け、また一つ、踊るように死線をすり抜けた。

(どうしたんだろ。なんだか今日は、体が軽いや)

リントヴルムは完全に本気モードだ。先日のような小手調べもない。最初から全力で龍の暴威を見せつける。それでも、ホワイトは互角以上に渡りあっていた。

荒れ狂う力を冷静に見切り、動きを誘導して隙を誘う。軽めの一撃を細かく置いてリズムを作り、時折あえてリズムを崩してゆらぎを生む。緩と急とを使い分け、悟られないように隙を作らせて、鋭い一撃を叩き込んだ。

――手応えはあった。振り抜いた刃は確かに鱗を斬り裂いた。休むことなく連撃を刻みこみ、リントヴルムが体勢を立て直す前に一度下がる。この程度で倒せる相手ではないことは重々承知だ。

すう、と一つ深呼吸。頭の中がクリアになる。悪くない感覚だ。思いどおりに体が動く。手足は羽が生えたように軽く、刃は曇りなくきらめいている。そして何より、胸の内よりとめどなく魔力が溢れ出していた。

「シャハッ……！　イイ動きするじゃねえか！　今日は随分と気合入って――」

一閃。真横に斬り裂いた。

リントヴルムが何か喋っていたが、それを聞く前に体が動いていた。すぱっと刃を振り抜いてから思考が追いつく。ひょっとして今空気が読めていなかったかもしれない。バツが悪そうに振り向くと、なんとも言えない表情のリントヴルムと目があった。

「ごめんなさい。今、何か喋ってました？」

「……なんでもねえよ」

「え、でもでも。いつも変身中は待ってもらってますし……。私だけルール違反ってのも悪いですよ」

「なんでもねえっつってんだろ！　さっさと来い！　ぶっ殺すぞ！」

ホワイトはくるりと剣を回す。少し変な空気になってしまったが、そう言うならば行かせてもらおう。正直、体がうずいてうずいて仕方がない。

前に出るたび、刃を振るうたび、死線をくぐるたびに魔力が内より溢れ出す。こんなことはホワイトにとっても初めてだ。理由は分からない。だが、それを考えようとは思わない。

今やるべきことは、目の前の敵を倒すこと。それが自身の役割だ。それ以外のことは、今は全てどうでもいい。

それを強く自覚すると、更に魔力が溢れ出した。

＊

「あー。あの子、完全に役割に入ってるわ。真面目だなぁ。あんまり役割に飲まれすぎても良くないんだけど……。ま、この状況でンなこと言ってらんないか。ホワイトー、ほどほどにしとくんだよー」

　戦うシロハに向けて、古森鏡子は野次を飛ばす。口ぶりに反して気楽なものだ。本気で心配などしていないことは明白だった。

「古森鏡子……。お前、どうしてここにいる……!?」

「んふー。どうしてって言われても、来たいから来たんだよ。だってこれ、世界の命運を決める世紀の一戦じゃん？　いくら死ぬほど眠くても、こればっかりは見逃せないよね」

　その言葉もどこまで本気なのだろうか。ぷらぷらと足を揺らしながらあくびを漏らす彼女に、緊張感はまるでない。どこまでも気楽そのものだった。

「あ、やっば。本当に眠くなってきた……。あーもー、たっぷり一週間は寝たのに。やっぱこっちの世界で活動するのはまだ早かったかなぁ……」

　こてんと体を横に倒し、うつらうつらと目を閉じる。気まぐれというか自由というか。彼女の一挙一動すらもわけが分からない。こいつ、本当に何しに来たんだ？

『ねえ、ブラック。ブラックだよね』

「お、その声は。マイスイートバディのスピちゃんじゃないか。最近どう？　元気にマスコットしてる？」

『どういうことか説明してほしい。二年前のあの日、君は確かに消えたはずだ。なのに、どうして生きてるの？』

「んー。答えてあげてもいいけど、質問をもうちょっと練り直してみて。ほらほら、もうちょっとよく見るんだ。私が今生きているように見える？」

『うん……。そうだね』

スピは探るように言葉を選んだ。

『君はどうして、魔力がゼロの状態で生きていられるの？』

古森はにっこりと微笑み、ビルの屋上から飛び降りた。

空中でくるりと一回転して、羽根のようにふわりと着地する。音一つ立てない美しい着地。いや、それだけではない。彼女の一挙一動には音がなく、風も振動も起こさない。まるで幽霊のように、存在感というものが抜け落ちている。そんな違和感があった。

しかし、にやりと鮮やかに笑う少女の顔は、とても死人のそれとは思えなかった。

「ごめんね、ここにも観測者の瞳があるんだ。だから内緒にさせてよ」

『……はあ。その秘密主義、君は間違いなくブラックだよ。本当に何考えてるんだ君は』

「世界平和」

『言ってろ』

「マジだって」

古森は漆黒のワンピースの裾をつまみ、くるくると回った。随分と楽しそうにはしゃいでいるのに、やはり彼女には存在感がない。かと思うと、いつの間にかすぐ側でじっと俺を見上げていた。

「棗くん。君に聞きたいことがある」

「お、おう？　なんだ？」

「私の愛《いと》しいホワイトちゃんとはどこまでヤった」

「はあ⁉」

お前急に何てこと聞いてんだ。マジで意味が分からないし、マジで意味が分からない。なんなんだ一体。

「急になんだよ。どういう意味だ」

「エロいことしたかって聞いてんだけど」

なんなのこの女？　マジなんなの？　ブレーキもオブラートもないの？　棗さん困るんだけど？

「……なんもやってねえよ」

「何もってことはないだろう。ほら、正直に言うんだ」

「あのなあ、俺とシロハはそういう関係じゃないって」

「それ本気で言ってんの？　あんな可愛い子と同じ部屋で暮らしておいて、懸想の一つも無かったって？　いーや嘘だね。私だったらその日のうちに押し倒す」

本当に余計なお世話だった。

……いやまあ、その、なんだ。こう言っちゃ何だが、俺はシロハのことを特別だと思っている自覚はある。結構ある。だが、それはそれとして、手を出すようなことはするまいとも胸に決めていた。

もしも俺があいつのことを傷つけてしまったら、彼女には逃げ場なんてどこにもなくなってしまう。それだけは絶対にやってはいけないことだ。だから俺は大人として、一線を守った対応をしなければならないのだ。

「うっわ、キモ……。無駄に重いわ……童貞かよこいつ……」

そんなことをぼそぼそと呟いたらドン引きされた。

「うるせー！　お前に俺の何が分かる！　ばーか！　ばーか！」

「あーもー、分かった分かった。私が悪かったっての。君は偉いよ童貞くん」

「お前それ禁句な！　結構マジで傷つく人いるんだから！　いや本当に！　俺は全く気にしてないけど！」

本当だ。俺は全く気にしていない。これっぽっちも気にしていないのだ。この年まで己を守り抜いた誇り高き男が、そんな瑣末《さまつ》事気にするはずがないのだ。そうだったらそうなのだ。

「まあ、なんでもいいや。とにかく君はあの子のことを憎からず思っているわけだ」

「あのなあ古森。今そんな話をしている場合じゃないだろ」

「そんな話をしている場合なんだ」

真剣な響きだった。皮肉も揶揄《やゆ》も抜け落ちたまっすぐな言葉に、思わず戸惑う。

彼女が話す言葉の意味はいまいち摑めない。だが、冗談の類ではないことだけは、古森の表情が物語っていた。

『君は相変わらずだね。何考えてるのか全く読めない』

「そう？　結構露骨なことやってると思うけど？　私もさー、ホワイトちゃんと同じで目標に向かってまっすぐ族だから」

『そうなんだよね。君の行動には一切の無駄がない。その気まぐれな振る舞いだって、目的を悟らせないためにわざとそうしているんだろう』

「あ、いや、これはただの趣味。ほらほら、ミステリアスってかっけーじゃん？　そんな感じよ」

『言ってろ』

「にひひ。そうする」

くるりと回って古森は俺の方を向く。口元は笑っているが、瞳は氷のように澄んでいた。

「棗くん。あの子のこと、よろしく頼むよ」

だから俺は、こう答えた。

「当たり前だ」

古森は満足気に微笑む。そのとき、右手の甲がカッと熱くなった。

手の甲に刻まれた魔術紋が紫紺の輝きを放つ。体の内から湧き上がる何かが、きらめきながら手の甲へと収束するような。不思議な感触が全身を駆け巡った。

「使い方は分かるね。前教えたとおりにやればいい」

「おい待て古森、なんだこれ。今何が起きてるんだ⁉」

「神様に嘘をついたのよ。少しだけね」

説明するつもりはないようだった。踊るようにくるくると回って、宙を踏んで空へと飛ぶ。さらりと重力を無視した彼女は元いたビルの屋上に腰掛けた。

「んじゃ、私ここで見てるから。棗くん後よろしくね」

「はあ……!? えっ、ちょっと、はあ!?」

「考えるな。感じろ。得意でしょ、そういうの」

古森は空にあくびを漏らし、足をぷらぷらと揺らす。月を見上げて鼻歌なんかも歌っていた。

何から何までマイペース。雲のように掴みどころがなく、猫のようにすり抜けていく。結局彼女は何がしたいのかちっとも分からない。

それでも一つだけ分かることがある。俺の中の何かを集めてきらめく魔術紋が、主張するように強く脈動した。

俺にはまだ、何かができるということだ。

*

白と龍との戦いはどこまでも加速していた。

もはや互いに言葉はない。半端な加減も様子見もない。全力と全力のぶつけ合いでもまだ足りず、己の限界を越えた先の領域で剣と爪とを交わらせる。

ホワイトは思考を忘れていた。雷速を越えた戦闘に思考などという遅くて重いものは持ち込めない。一瞬の閃きに身を任せ、本能がままに身を踊らせた。ここでは培ってきた戦闘経験がものを言う。どう攻めてどう受けてどう避けるべきかは、くぐってきた無数の死線が教えてくれる。ホワイトの超直感はここに来て更に精度を上げ、未来予知に近い領域まで来ていた。

ほんの一瞬、息継ぎのように死線が緩む。その一瞬でホワイトは思考を回した。

(強い……っ)

純然たる本能の戦闘は、リントヴルムが最も得意とするものであった。

ホワイトも幾多の戦いを越えてきた。死にそうになったことも限界を越えたことも、これが初めてではない。無茶な状況を気合と根性でぶっとばしたことだって何度もある。

しかし、リントヴルムはその上を行った。龍人種。戦いの中に誇りを見出す生まれながらの戦人だ。ホワイトが駆け抜けてきた戦いの日々など、生まれたその日から経験している。

ホワイトブランドは強かった。超能力じみた直感を頼りに二年という戦いの日々を生き抜き、ついには龍人種を相手にたった一人で抗しうる力を持つに至った。

それでも、龍には及ばない。

(押し……きられる……っ)

また一段速度が上がる。思考が介在する余地が消え、本能と本能とがせめぎあう。龍の暴威は増し続ける。

長くは持たない。ならば、斬られる前に斬らなければならない。本能は前へ前へと足を踏み出す。事実それはホワイトが選べる最適解であったが、それ以上ではなかった。

剣を振るうたびに速度で負ける。刃を交えるたびに力で負ける。種族の差、経験の差。なおも溢れ出す魔力は背中を押すが、それだけで埋めるには力の差がありすぎる。

それでもホワイトは諦めるわけにはいかない。こんな窮地は何度だって越えてきた。いつだって、ブラックと共に。

(ブラック、どうすれば——)

思って、すぐに後悔した。

どんなに絶望的な状況でも、皮肉交じりに打開策を示してくれた相棒はもういない。ここにいるのは一人残された自分だけだ。

戦闘中に余所事《よそごと》を考えたツケはすぐに払わされた。僅かに刃がぶれ、リントヴルムの爪を逸らし損ねる。刹那の見切りも間に合わず、左腕を貫かれた。

(まずっ……!)

とっさに選んだのは防御ではなく攻撃だ。リントヴルムの猛攻を受けきることはできない。攻めの姿勢にこそ活路は宿る。

左腕を捨て、右腕のみで刃を振るう。しかし片腕では出力が足りない。足りない分は魔力で補った。無我夢中で術式を編み上げ、刃に魔法を重ねる。

白刃の魔法。

「シャイニング——っ！　ジェノサイド・スラスター！」

龍鱗をバターのように斬り裂く白刃は、紙一重のところで避けられた。

リントヴルムの攻勢が僅かに緩む。その隙に大きく距離を取り、体勢を立て直した。

左腕はもうダメだ。治癒魔法を施せば動くようにはなるが、この状況でできることではない。右腕一本で剣を握り直すと、刃先は頼りなく揺れた。

おまけにこの攻防でかなりの魔力を消耗した。いかに魔法少女と言えど、必殺の魔法は何度も放てるものではない。湧き出す魔力の大部分は身体強化に充てている。無意味に大技を乱発しようものなら、魔力が枯渇して身体能力の差は更に開くだろう。そうなれば、お陀仏《だぶつ》だ。

コンマ一秒ごとに余裕が削れ、戦局は徐々に不利へと傾いていく。

(これ……負けるかも……)

ホワイトは最善を尽くした。限界以上の力で戦った。最高のコンディションで戦場に臨み、一切の慢心なく敵に挑んだ。

それでも、リントヴルムは。かつてブラックと共に戦っていた頃ですら撃退がやっとだった好敵手は。

ただ、純粋に強かったのだ。

*

内から湧き上がる何かが、俺の中を荒れ狂っていた。

右手の魔術紋が焼け付くほどに強く輝く。アドレナリンが凄まじい勢いで放出され、強い衝動が全身を突き動かす。何がなんだか分からなかった。

「ああ、くそッ……！　意味わっかんねえ……！」

体の中を衝動が暴れまわる。今にも自分がパンクしそうだ。今すぐ叫びたくて仕方ない。

『ナツメ、大丈夫？』

「大丈夫じゃねえよ……！　スピ、なんなんだこれはッ！」

『僕にも分からないけど……。事実だけを言うよ。今の君は魔力を放っている。それも、魔法少女に匹敵するほどの強力な魔力だ』

「はあ⁉　魔力⁉　なんで俺が⁉」

『言ったろ、僕にも分からないって』

胸の内で荒れ狂う衝動は勢いを増すばかりだ。抑えきれない力が胸のうちから溢れ出す。右手の魔術紋がそれをかき集めているが、それを大幅に上回る勢いで衝動は湧き上がっていた。

体の中の力が飽和した瞬間、俺の中で何かが弾けた。脳裏で強烈に何かがフラッシュした。それは光景だ。無数の光景がストロボのように瞬き、光を放った。

一つ一つの光景に繋がりはない。目にしてきたもの、知識としては知っているもの、まるで見たことがないもの。ありとあらゆる光景が浮かんでは消えていく。意味を考える余裕もない。

「わっかんねえ……ッ！　なんっなんだよこれは！　俺は今、何を見ている⁉」

脳を直接かきむしりたかった。悲鳴をあげようとお構いなしに光景は流れ続ける。自意識すら崩壊しそうな光の奔流。ただただ叫んだ。右手の魔術紋は焼け付くほどに熱く光り輝いていた。

「しっかりしろ大馬鹿野郎ッ！」

意識が飛ぶ寸前、頬がカッと熱くなった。殴られたらしい。灰原は俺の胸ぐらを掴み上げ、鼓膜が破れるほど強く叫んだ。

「何がどうしたのか知らねえけどよ！　そんなもんどうでもいいだろ！　お前にはやることがある、違うか⁉」

「やること⁉　やることってなんだよ⁉」

「お前はッ！　俺たちはッ！　あの子のためにここに立ってるんだろうがッ！」

――シロハ。

その名を思い出すと、頭の中に駆け巡る光景が白に染まった。

それはシロハの色だった。俺が見てきたシロハや、俺が見たことのないシロハの顔が、浮かんでは次々に消えていく。これが何なのかなんて分からない。意味を考えるのは後だ。俺は、自分が何をやるべきなのかだけはよく分かっていた。

顔をあげて空を見る。戦場を空に移し、戦い続けるシロハとリントヴルムがいた。

やるしかない。リントヴルムに向けて右手を突き出し、左手でそれを支えた。

『ナツメ、君、本当にやるのか⁉　それを⁉』

「当たり前だッ！　もうツベコベ言ってねえでやるしかねえだろッ！」

『分かった、手を貸そう。ちょっと変な感じがするけど我慢するんだよ！』

スピが俺の肩に飛び乗ると、頭の中で何かが切り替わった。全身の中を無軌道に駆け回っていたエネルギーが整然と流れ出す。目を凝らせば、それまで残像しか捉えられなかった二人の戦いが鮮明に見えた。確かに妙な感覚だ。体の使い方が分かる。これなら、俺はあの戦いについていける。

今になって分かったが、追い詰められているのはシロハだった。左腕はだらんと垂れ下がり、右腕一本でリントヴルムの猛攻を捌いている。このままだと押しきられるのは素人目にも明らかだ。

思いっきり息を吸って、あらん限りの声で叫んだ。

「リントヴルムッ！」

強く意思を叩きつける。リントヴルムは俺の方を向き、翼を広げて猛く吠えた。

「シャハッ……！　今更何の用だよゴミ虫ィ！」

「俺は……ッ！　お前をッ!!　倒しに来た!!」

「上等だ！　やってみろよッ！　テメエの死ぬ気を俺に捧げろッ！　決着をつけようぜ、キュアゆうたァッ!!」

リントヴルムが突撃する。速い。速いなんてものではない。だが、今なら見える。龍が吠える。

俺は叫んだ。今の俺には、できることがある。

この灰色を、焼き尽くす。

「らぶちゅっちゅファイヤアアアアアアアアアアアアアアアアアアアッッッ!!」

轟炎、天を薙ぎ払う。

放たれた灼熱《しゃくねつ》の火砲は、まっすぐにリントヴルムへと突き刺さる。灰色を焼き尽くす紅蓮《ぐれん》の炎《ほのお》。俺の内から湧き上がる無限の衝動は、炎となって空を灼《や》いた。

「シャハッ……！　シャハハハハハハハハハッ！　こんなもんで……ッ！　この俺をッ！　殺せる

かアアアアアアアアッッ!!」

炎の中を龍は突き進む。無尽の生命力を持つ怪物は、これだけの炎を浴びてもまだ止まらない。まだ死なない。まだ終わらない。たとえどれだけ打ちのめされようとも、息の根を止めるまで足を止めない。たとえ鱗が燃え落ちようと、爪がある限り止まらない。たとえ爪が折れようと、牙がある限り止まらない。たとえ牙が砕かれようと、心がある限り止まらない。

それが戦士だ。それがリントヴルムだ。だとしても、俺は――!

「だったら、心を砕けばいいんじゃない?」

軽い声と、ひらりと舞い落ちる黒い花びら。どこからか現れた花びらがくるりと回ると、空間の間から漆黒の鎖が現れた。

「黒百合縛式《メランコリー》。本当は見てるだけのつもりだったけど、がんばったからサービスだ」

黒の鎖がリントヴルムを縛り上げる。そこで初めて龍の足が止まった。

リントヴルムのリアクションはあっさりしたものだった。鎖を引きちぎろうと暴れるでもなく、ただじっと俺の後ろにいる古森鏡子を見上げた。

「ああ、なるほど」

そして納得したように、呟いた。

「なんか物足りねえと思ったら、お前がいなかったのか」

「遅刻しちゃってごめんね。女の子はお出かけの支度に時間がかかっちゃうの」

「待たせすぎだ。こっちは二年待ったんだぞ」

「そりゃ失礼」

そのときのリントヴルムはどこか満足気な顔をしていた。古森はいつもの調子で応じた。

「悪いけど先に行っててよ。私もすぐに行くからさ」

「うるせぇよ、お前は当分来るんじゃねぇ。お前がいると面倒くさいんだよ」

「ん。またね」

「ああ……。分かった、じゃあな」

そしてリントヴルムは消え去った。

炎がゆっくりと収まり、丸い月が優しく照らした街並みに、リントヴルムの姿はどこにもなかった。

瓦礫と化した街並みでシロハは古森を見上げる。優しく微笑む彼女もまた、どこか納得した顔をしていた。

「ブラック、久しぶり」

古森は軽く答えた。

「おいっす。パピコの半分、まだ残ってる？」

＊

そんなわけで焼肉である。

熱々に熱せられた焼き網。三種のタレが注がれたタレ皿。そして肉。タン塩、カルビ、ロースにホルモン。キムチにサンチュにクッパまで。

考えうる限りこの世の全ての贅《ぜい》がここにある。今このとき、俺たちは焼肉王となっていた。

「全員飲み物は行き渡ったかー？　梅酒もカシオレもちゃんと来たな。よし、ナツメ。始めようぜ」

灰色の男たちは最初にビールを頼まない。全員が思い思いの酒を頼むものだから、テーブルの上はとても華やかになる。何故かビールを好む奴らもビール系のカクテルを選んでいた。シャンディーガフだのレッドアイだのディーゼルだのが並ぶたびに「もういいからビールにしろよ」とツッコミを受けているが、彼らはこれがいいらしい。

色とりどりの酒を手に、野郎どもが俺を見る。へっ、どいつもこいつも女々しい酒ばっかり飲みやがって。男の酒っつったらカルーアミルクだろうが、なあ？　なんならカルーア抜きでもいい。

「おいおいどうしたお前ら。珍しくお行儀が良いじゃねえか。俺らいつも乾杯だけやって適当に始めるじゃん」

はやしたてると、ブーイングが上がった。真面目にやれってことらしい。オーケーオーケー、悪かった。ちゃんとやるよ。

「そんなわけで俺たちは人知れず世界を救った英雄となったわけだが……」

「ナツメ。そりゃ言い過ぎだ」

「そんな俺らにも明日は来る。講義もあれば課題もある。サボればもちろん単位を落とすぞ。そういった現実をしかと胸に刻んだ上で、今日の打ち上げを楽しんでくれ。乾杯」

「すげえ。ここまで盛り下がる乾杯は初めてだ」

連中はなんとも言えない顔で乾杯した。そうは言っても目の前にあるのは酒と肉だ。酒と肉と野郎どもとくれば、馬鹿騒ぎが始まらないわけがない。連中はたちまちポップコーンのように騒ぎ出した。

「おらァ！　肉だ肉！　焼け！　食え！　飲め！」

「はいはいはい！　俺ですカルビですカルビを焼きますカルビですよ皆さんカルビカルビカルビカルビ！」

「ばっかお前初手はタン塩って国際条約で決めただろうが！　ポーランドぶつけんぞ！」

「ロースをよこせロース！　それ以外の軟弱な肉は断じて認めない！　ただしポーランドは一口もらう！」

「いいかお前ら！　ホルモンは三対七で焼け！　邪道な焼き方をしようものなら、このホルモン奉行が成敗してくれよう！」

「ホルモン奉行、あなたの悪政もここまでだ。今後全てのホルモンは我々の手で民主的に管理させてもらう」

知能がなかった。どこにもなかった。あーもー、好きにやってくれ。闇ルートで仕入れたホルモンを端っこで育てながら、俺は楽しそうな連中をマイペースに眺めていた。

「今日はまた一段と賑《にぎ》やかですね」

「やかましくてすまんな。こういう奴らなんだ」

「好きですよ。こういう賑やかなご飯」

この惨状を賑やかなご飯で片付けてしまうあたり、シロハさんは大物である。いやもう馬鹿ばっかですまん。ひょっとしたら気づいてないかもしれないけど、実はこいつら馬鹿なんだ。

今日のシロハは甘々ファッションである。柔らかい生地のワンピースに、落ち着いた色合いのジャケット。こげ茶色のショートブーツをぷらぷらと揺らす姿は大変に可愛らしい。戦いを終えたことで表情はいつもより晴れやかだ。機嫌よく鼻歌を歌ったりなんかもしていた。

「スピもそろそろ起きないかなぁ」

「なんだ、まだ寝てるのか？」

「はい。大きな戦いの後はいつもこうなんです。疲れちゃうみたいで」

決戦から二日が経った今日も、スピはずっと眠り続けていた。時々目を醒ますこともあったが、シロハの顔を確認したらまたすぐ眠りにつく。今日も彼女の膝の上でぐっすりと眠っていた。

「……そういえばこいつも謎生物だよな。一体どこの魔法の国からやってきたんだろう」

「？　スピはスピですよ？」

「いやまあそうなんだけど」

俺はこの小さな友人のことを何も知らなかった。今度時間があったらじっくりと聞いてみようか。適当にはぐらかされそうな気もするが。

それからもう一人。この場にはもう一人役者が足りていない。

「ところでナツメさん。結局あの後、ブラックは見つかりました？」

「いや、ダメだ。大学構内は捜してみたんだが、あいつの姿はどこにもなかった」

「そうですか……」

あの後、古森鏡子は勝利を分かちあう暇もなくどこかへと消えた。

捨てゼリフは「限界。もう無理。帰って寝る」だった。シロハが再会の喜びを爆発させようとした頃には、もうどこかへと転移していた。あまりの素早さに誰も彼もが呆然としたものだ。

スピによれば、ご丁寧に転移魔法の痕跡をかき消した跡があったらしい。追ってくるなという意思表示なのは明白だった。

「あいつにも聞きたいことが山ほどあるんだけどな」

「私だって、話したいことが山ほどあるんです。久しぶりに会えたんだから、もう少しくらいゆっくりしていけばいいのに……」

「そんな余裕もないくらい疲れてたんじゃないか？」

「ええ？　元気そうでしたよ？」

確かに憎らしいほど余裕な口ぶりだったがあれは相当な嘘つきと見た。仮に疲労困憊の体を引きずってきていたとしても、彼女は余裕を演じてみせるだろう。実際のところどうだったかなんて、彼女にしか分からない。

まあ……。正直古森についてはあまり心配していない。俺たちには共通認識として、一つの予感があった。

「でも、また会えますよね。生きてるのですから」

「ああ。きっとまた会えるさ。そのうちなんでもない顔でひょっこり顔を出す」

シロハは冗談めかして「これで生きる理由が増えました」なんて言う。あほう。そんなもの、いくらでもくれてやるわ。

焼き上がったタン塩を噛みしめると、じゅわっと染みでる命の味がした。焼肉なんていつぶりだろう。ほれ、シロハにも丹精込めて育て上げたホルモンをやろう。ホルモン民主主義者に摘発される前にお食べ。

向こう側の領土では既に肉を巡った大戦争が始まっている。隆盛を極めたタン塩帝国は没落し、カルビ連合国とロース枢軸国が激しくにらみあう。その一方でホルモン民主主義共和国は着々と勢力を拡大していた。

「世界大戦も秒読みだな」

「ナツメさん。一緒に平和な国を作りましょうよ、ワッフルが美味しい国を」

「やめとけ。生半可な中立国は道路にされると相場は決まってる」

俺とシロハは網の片隅に領土を持っている。時々外部からの侵略者が箸を伸ばすが、そのたびにトングをカチカチ鳴らして威嚇するのだ。我が国の平穏はこうして守られていた。

俺たちが狭いながらも平和な暮らしを享受していると、ホルモン民主主義共和国から使者がやってきた。またの名を灰原という。

「おうおうナツメー。お前何すみっこで脱法ホルモンキメてんだよ。秘密警察にチクるぞ」

「秘密警察って、民主主義はどうした。なんで独裁政権が確立してんだよ」

「あのな。民主主義ってのは国民が正しい教育を受けないと空中分解するものなんだ」

「バカがバカした結果歯止めが利かず分裂したのか……」

　ホルモン民主主義共和国は人知れず消滅の危機に瀕《ひん》していた。詳しく聞いてみると、三対七原理主義と五対五平等主義が内部紛争を引き起こし、国家が割れたところに片面焼き自然主義なる謎の勢力が台頭したらしい。ちなみに軍事独裁政権なのもこの勢力。マジで何やってんだ。

「そんなわけでナツメ。我が国は現在乱れに乱れている。情けない話だが、貴国の力を貸してもらえないだろうか」

「そう言ってるが。シロハ、どうする？」

「美味しくご飯を食べられる方向でお願いします」

　オーケー。シロハがそう言うなら仲裁してやろう。

　俺はこっそり注文していたシマチョウを灰原に渡す。ホルモンの中でも特に美味しい希少部位だ。乱れた国をまとめ上げるのに不足はないだろう。

「これは……。すまない、ナツメ。恩に着る」

「いいってことよ。全部終わったら飯でも食おうぜ」

「ええ……？　今がそのご飯中ですよね……？」

　俺は灰原と固い握手を交わした。こまけえこたぁいいんだよ。

　シマチョウを手に灰原は元の席へと戻った。そして内紛を続けるホルモン主義者たちに一喝。

「争いはそこまでだ！　この手にあるものが分からんか！」

「それは……⁉　まさか王位継承権《シマチョウ》⁉」

「バカなッ！　王位継承権は先のクーデターで紛失したはずだ！」

「王がこのような場所におられるはずがない！　あれは王の名を騙《かた》る反逆者だ！」

「反逆者は貴様だ！　俺は王の下につくぞ！　シマチョウが食いたいからな！」

わーわー。きゃーきゃー。どんどん。ばんばん。

数十秒後には全ての反逆者は鎮圧され、灰原を王としたホルモン君主国が樹立した。ホルモン王によるシマ朝創立などという宇宙開闢《かいびゃく》級よいこの面白大爆笑ギャグを思いついたが、俺は現行宇宙が好きなのでやめておいた。宇宙開闢はまた今度にしよう。

「ナツメさん。人はどうして争うのでしょうね」

「さあな。お腹が空いてるからじゃないか」

「みんな仲良くご飯を食べればいいのに」

ホルモン君主国の新生により、カルビ連合国とロース枢軸国の関係性もまた変わっていくだろう。今まさに始まろうとしている世界大戦を横目に、俺はもう一度シマチョウを注文する。少し残れば取り返すつもりだったが、飢えた親王派どもに食らい尽くされてしまった。

「シロハ。その肉もう食えるぞ」

「ナツメさんが食べてください。さっきからずっと世話ばかりしてるじゃないですか」

「焼くのが好きなんだよ。遠慮しないで食えって」

「でしたら、はんぶんこで」

シロハは器用に肉を箸で切って、片方を俺に差し出す。ちょうど肉を裏返していたタイミングで手が空かず、俺はそのまま口を開けた。シロハは目を丸くした。

「あ、あの？　ナツメさん？」

「ん」

「ん、ではなくてですね。あのあのあの、これはどういった意味でしょう」

「ん」

ん。

シロハは激しく狼狽した後、深呼吸を二度三度。意を決して深く頷いた。ちぎられた肉はかわいそうなくらいにぶるぶるぶるぶると震えていた。

「で、では……。失礼します……！」

『何やってんの？』

「はうわっ!?」

スピが起きた。肉は吹き飛んだ。俺は飛んだ肉を口でキャッチした。んまい。

「え、待って、スピ？　スピさん？　起きたの？」

『うん。おはよ。で、何やってたの？』

「何もやってないですよ!?」

『何故敬語』

寝起きのスピはゆっくりと伸びをして周りを見渡す。そこには、焼肉屋で戦争を繰り広げる馬鹿どもと、顔を赤くしたシロハと、肉を噛みしめる俺がいた。たっぷり二周は見回して、それでスピは何かを理解したらしい。

『なるほど。続けてくれ』

「続けられるわけないじゃんかー！　ばかー！」

『え、続けたかったの？』

「それ以上言うと怒るよ⁉」

あー。世界って平和だなぁ。

シロハがスピに抗議したり、一部始終を見ていた灰原が嫌な感じの笑みを浮かべたり、口止め料として今度はザブトンを要求されたり、なんだかんだで一気飲み勝負になったり。やんやと騒いで、バカみたいに飲んで。我ら灰色の男たち、すっかり平常運転だ。

「ナツメさん」

狂騒の隙間を縫って、シロハが言う。

「これからもずっと、私と仲良くしてくれますか？」

微笑みながら聞く彼女。つかの間、目を奪われた。

「当たり前だ。俺たち仲間だろ」

そう答えると、シロハは晴れやかな笑みを浮かべた。

＊

　古森鏡子は屋上に寝そべって、じっと空を見上げていた。

　天気は快晴。初夏の日差しが屋上を弱火で炙《あぶ》り、一眠りするにはなかなか厳しい天気だ。時折思い出したように吹き抜けていく風が清涼感をくれるが、それ以外はあまり心地の良い場所とは思えなかった。

　こんな明るい場所は自分のような日陰者には似合わない。わざわざこの場所を選んだことに少しだけ後悔もあった。

「……ま。たまにはお日様の顔を拝んどくのもオツってもんでしょ」

　適当に理屈をくっつけて納得する。正直なんでもいいのだ。たとえこの場所が下水道のど真ん中であったとしても、古森がやることは変わらない。

　屋上の扉がギィと開く。ようやく彼女がこの場所を探し当てたらしい。

「ここにいたんですか。随分と捜しましたよ」

「遅かったね。もうちょっと待っても来なかったら帰るつもりだった」

「それは失礼しました。痕跡を追いかけるのもなかなか楽ではなくて」

　リントヴルムと決着をつけたあの場所に、僅かに残した転移魔法の痕跡。ある程度知識があれば追いかけられるくらいの痕跡は残してきたつもりだ。人知れずあの戦いを観測していた彼女なら、こうして追ってくるのは想定どおりだった。

　寝そべる古森の隣に女が腰掛ける。にこりと微笑む顔の裏にある感情は窺えない。自分も嘘つきだがこの子もなかなかのものであると、古森は思った。

「はじめまして、でいいんだよね。自己紹介しよっか」

「ですね。こうして直接顔を見せるのは、初めてですから」

だるい体に鞭打《むちう》って、古森鏡子は上体を起こす。宣戦布告をするのに寝そべったままでは格好がつかない。

「古森鏡子。今はそう名乗ってる。よろしく、観測派の侵略者ちゃん」

「音無彩夜です。戸籍はその名で登録しました。こちらこそよろしくお願いしますね、英雄の成れの果てさん」

古森は内心口笛を吹いた。英雄の成れの果てとは随分とカッコいい二つ名をつけてくれたものだ。あんな死に様をしといて英雄呼ばわりは不服だが、まあ、この女に分かるよしもない。

「――強いて言うなら、生贄《いけにえ》じゃないかな」

聞こえないほどの小声で呟いた。

「それで、侵略者ちゃんは何をしに来たの？」

「黒幕の顔を拝みに来たんですけども」

「黒幕とは失敬な。私は今でも正義の味方だ」

「言葉遊びをするつもりはありませんよ。単刀直入に聞きましょう。あなた、どこまで知ってます？」

少し残念だった。言葉遊びは古森が最も得意とするところだ。長々と詭弁《きべん》を撒き散らして煙《けむ》に巻《ま》いてしまえばこっちのものだったが、音無はそれに付き合うつもりはないらしい。

まあ、それならそれで構わない。古森には時間がないのだ。短期決戦は望むところだった。

「そうだなぁ。色々知ってるよ。たとえば、魔力についてとかね」

「へえ……？　それはどういうものなのでしょう？」

「知ってるくせに。まあいいや、教えてあげましょう」

音無の顔色に緊張が走る。本人は隠しているようだが、呼吸のリズムが僅かに乱れていた。

「魔力ってのは、この世の法則を無視して好き勝手できてしまう力だ。たとえば水を出す魔法って言えば簡単に聞こえるけど、魔法によって生み出される水分子はこの世界に本来存在しないものになる。炎魔法は熱力学の第一法則を無視して、無からエネルギーを生み出すことができる。もっと言えばそもそも自然界に存在しえない現象だって起こせるよ。質量の即時転送だとか、時間の逆行だとか、死者の蘇生《そせい》だとかね」

「そうですね。魔力がそんなただの夢のエネルギーだったら、誰も目くじら立てたりしなかったんですけどね」

「あれ。言っていいの？　侵略者はそこんとこ隠したがるものだと思ってたけど」

「そこまで分かってるなら、誰だって気づきますよ」

魔力自体はファンタジックな幻想を現実に変えられる夢のエネルギーだ。だが、使い方によっては、非常に危険な現象を引き起こせてしまう。魔力の本質とはそこにあった。

「魔力の影響が一時的な変化に留まればそこまでの話なんだけど、残念なことに魔力を悪用すればこの世の法則を不可逆的に書き換えることもできてしまう。実例はいくつかあるけど、最たる例はやっぱり重力かな。重力があまりにも弱すぎるって話は聞いたことあるかな？」

「ええ……。よく知っていますよ」

重力は星間ガスを押し固めて天体を作り、恒星を中心として星系をまとめ上げ、ついには銀河を形作るだけの力を持つ。その一方で、重力は指先の力だけでも逆らえてしまうほどに弱いのだ。どうして重力がこんなに弱いのか、その仕組みは未知の部分が多い。

古森も具体的な仕組みは知らない。だが、重力がそうなった理由は知っていた。

「あれは過去に起きた大規模な魔力事変の影響だ。もう何十億年も前のことだけど、あるときを境にして重力の九十%はどこかの余剰次元へと放出されるようになってしまった。そんな風に、この世界の法則は不可逆的に書き換えられたんだ」

一言で言ってしまえば、魔力とは世界を変えてしまう力だ。

魔力を操るものがそう願えば、不変と信じられていた法則はあまりにも簡単に書き換えられる。これまでにも複数回の魔力事変を経て、世界は幾度も再編されてきた。

「私たち魔法少女は、そんな極めて危険な力を軽々と操ることができる。これがどういう力なのかも知らずにね。それを聞いて、この銀河に生きる他の生命体はどう思った？　嫌だなって思ったんじゃないかな？　そんな危なっかしいものを野放しにしておけるわけがないって、そう思ったんだよね？」

「……そのとおりです。だから私たちが、あなたの言うところの侵略者が、この星にやってきた。魔法少女の危険性を排除するために」

リントヴルムがヒーローを自称したのもあながち間違いではない。地球外生命体からすれば、彼はまさしく宇宙屈指の危険因子を排除しに来た英雄そのものだ。

しかし、全ての侵略者がリントヴルムのような考え方をしているわけではない。魔法少女は自らの意思で魔力を意のままに操ることができる、意思疎通可能な生命体だ。そこに危険性だけではなく、有用性を見出したものたちもいた。

「勘違いしないでくださいね。介入派はあなた方魔法少女の物理的排除を目的としますが、私たち観測派はそうではありません。私たちは何も、あなた方が死ぬべきだとまでは思っていない。その力の使い方を理解し、乱用を控えていただけるのならば、共存も可能だと考えております」

「じゃあ逆に聞くけど、私はこの力の使い方を理解している。乱用もしないって約束できるよ。そしたら観測派の皆さんは満足しておうちに帰ってくれる？」

「それは喜ばしい提案です。相互理解も十分のようですし、ここらで手を結ぶというのは？」

「友好的な交流？　何言ってんの。あんたらが欲しいのは魔力研究の材料になる生きた標本だ。おためごかしはいいよ。観測派の目的はこの力の掌握でしょう。違う？」

「信じていただけないのですか？」

「魔法少女は疑い深いんだ。なんたって、もう嫌になるくらい仲間を殺されたからね」

生きた標本と言っても、それは魔法少女に限った話ではない。きっと彼らはこう言うだろう。

「魔法少女になりそうな女の子を数人譲ってくれよ。次の解剖では何かが見つかる気がするんだ」、と。古森はそう考えている。この状況において、楽観視などできるはずもない。

魔法少女の生き残りとして、古森は判断を誤るわけにはいかなかった。あの白いのがこういうことをできるとは思えない。これは自分がやるべき戦いだと、古森はよく理解していた。

「古森さん。先程のお話の中で一つ疑問に思った点があるのですが」

音無は話題を変えてきた。深追いをする気はないようだ。

「魔力の危険性はおっしゃるとおりかと思います。ですが、あなた方魔法少女が大量の魔力を生み出すメカニズムについてはどのように考えられますか？」

古森はにっこりと微笑んだ。

なるほど、観測派もまだそこまでは摑めていないらしい。無理もない。魔法少女が魔力を生み出す原理は、シロハやスピですら知らないことだ。きっとこれを知っているのは、意思疎通可能な生命体では古森くらいのものだろう。

もちろんそんな大事なことを、わざわざ教えてやるつもりはなかった。

「さてね」

「そうですか」

音無はあっさりと引き下がった。もとより答えが得られるとまでは思っていないようだ。モノのついでに質問したのだろう。

ならば何のついでに質問したのかと言えば、そんなものは分かりきっている。

「では、失礼しますね」

音無は古森を押し倒す。体の上にまたがり、細い首に手をかけ、体重を乗せた。

「殺すの？」

「はい。死体でも価値はありますので」

「やめといたほうがいいよ」

こうなることは分かっていた。いかに魔法少女と言えど、今の古森は瀕死《ひんし》と言って相違ない状態だ。それこそ、首を絞めれば殺せてしまうくらいに。

だからこそ音無彩夜はこの場に姿を現した。魔法少女の死体を手に入れられる千載一遇の好機に、観測派の侵略者が出てこないはずがない。それを誘って古森は隙を晒したわけだが、やはり首を締められるのはあまり気分がいいものではなかった。

「もう一つ話したいことがあるんだ。このままでいいから聞いてくれる？」

「あなた、随分と余裕ですね」

「死にそうな目に遭うのは慣れちゃって」

確かに首は締まっているが、古森はいつもの調子で話し続けた。気道が閉じたくらいで言葉を止めるような鍛え方はしていない。古森鏡子は筋金入りのおしゃべりなのだ。

「話したいのは君のことだよ。君が観測派の手先ってことは知ってたんだけど、そこには一つ疑問があった。私が知っている観測派って奴らは、確かに隠密活動が得意な連中だけど、姿形は人間もどきがせいぜいだ。君のように、人間に酷似した個体は見たことがない」

「……それが何だと言うのですか？」

「君さ。ぶっちゃけ人間だろ」

音無の顔色は変わらない。だが、首にかかる力は僅かに増した。

「確信は無かったけど、こうして密着するとよく分かる。君の種族は人間だ。人の身でありながら、君は観測派に与《くみ》している。そうだろ？」

「…………」

「するとそこには事情がある。君はどうして観測派の手先なんてやっているのだろう。ねえ、音無彩夜。ここからは当てずっぽうなんだけどさ」

古森は、音無の左胸に手を当てた。

「それは、君の心臓がないことと何か関係するのかな？」

音無は即座に飛び退《しさ》った。

自分の左胸に両手をあてて、荒く呼吸を繰り返す。我を忘れて古森を睨む姿は手負いの獣のようだ。

「なるほど、心臓の代わりに血液を循環させる魔法を使ってるんだ。それが観測派の研究成果ってやつ？　なかなか面白い使い方するね」

「……っ！　この一瞬で、そこまで……！」

「でもさ、やっぱり餅は餅屋だよ。そんな見様見真似《みようみまね》の術式なんて、本職の手にかかれば簡単にバラされちゃう」

一歩、距離を詰めた。

それは魔法少女の一歩だ。戦場で培ってきた神速の歩法。所詮はただの人間である音無に反応できるはずもない。

足を払って仰向けに転がし、体を押さえて音無の胸に手を当てる。攻守逆転。今度は古森の番だった。

「やだ、やめ……っ！」

「特別だよ。黒百合癒式《バレンタイン・ラヴ》」

魔法を発動すると、音無の体がびくりと跳ねた。

なんだかんだ言っても死というのは怖いものだ。古森はその感覚をよく知っている。だから音無が固く閉じた目を笑ったりはしない。優しく頰を撫でてから、立ち上がってワンピースの裾を払った。

「……あれ？　私、まだ、生きてます？」

「術式の出力、調整しといた。ただの人間が持つ程度の魔力でも十分動くようにいじったから、どう、楽になったんじゃない？　寿命も結構延びたと思うけど」

「え、ええ？　なんでそんなことを？」

「そんなの決まってるじゃないの」

隷属という名の互助協定も、全面的な殺し合いもまだ早い。相互理解はまだまだ全く足りていないのだ。古森と音無の関係性は、この場で決定的なものに発展することはない。

どうせ消極的な監視関係に落ち着くことは最初から分かっている。ならばせめて、少しでもその関係が心地よいものになればいい。古森の狙いなんてものはそれだけだ。

「音無さん。お友達になりましょうか」

「……友達⁉　なんで⁉」

「色々あったけど水に流してさ。私たち、きっと良い友達になれるよ」

「正気ですか⁉　私たち、ついさっきまで殺しあってましたよね⁉」

それは心外である。殺そうとしたのは音無のほうであって、古森に殺意なんてものはない。あるのは最初から最後まで打算だけ。そのためならば、命だってテーブルに乗せられる。

それが古森鏡子という魔法少女なのだ。

「ねえねえ。さやちゃんって呼んで良い？」

「絶対嫌です。断固拒否します」

「鏡子って呼んでいいからさ。ね？　いいでしょ？」

「なんなのこの人、頭おかしいよぉ……」

音無は本気で困惑していた。どうやら自分のほうが嘘つきであるようだ。古森は内心勝ち誇った。

呆然としている音無に背を向けて、古森は屋上のへりに向かう。今日の用事はここまでだ。そろそろ眠気も限界なので、お暇することにした。

「あと、さやちゃんさ」

転移魔法を編みながら、最後に一言。

「結構おっぱいおっきいね」

「んなっ……⁉」

古森鏡子は転移した。

今度は痕跡すらも残さない完璧な転移魔法だ。いかに観測派と言えど、これを追跡することは不可能である。そんなことを知ってか知らずか、一人残された音無は口をぱくぱくさせた。

「このっ……！　せくはらー！」

虚しいだけの叫びが屋上に響いた。

＊

音無が我に返ったのはそれから五分後のこと。

ようやく落ち着き出した息を整えて、のろのろと立ち上がる。心臓があれば、きっとうるさいくらいにがなり立てていただろう。左胸に刻まれた術式は、ただ機械的に血流を増やすだけだった。

「死ぬかと……思った……」

全身の冷や汗が風に吹かれて体温を奪い去る。くしゃみを一つ。強張《こわば》った四肢を動かして、逃げ出すように屋上を後にする。

命のやり取りなんてものは、音無にとって初めての経験だったのだ。誰かの首を締めたのも、殺されそうになったのも、共に初体験。手のひらと胸には今でも嫌な感触が残っている。きっと今夜は簡単には眠れない。

でも、そんな感触も何故だか忘れられなくて。屋内に戻ると、全身を回る血液が体に温《ぬく》もりを与えてくれて。

無性に、生きているって気がした。

「負けたなぁ……」

敗戦であった。自らの目的は果たせず、向こうは一方的に勝ち取っていった。それどころか塩まで送られた。完膚なきまでの敗戦だ。

だが、これは致命的な敗戦ではない。それどころか音無が得られたものは大きい。極めて有益な情報と、半ば強引に構築された交友関係。それに何より、確かに延びた自分の時間だ。

「古森鏡子、か」

長くは生きられない体であることは分かっていた。持って後数年どころか、明日には死んでいてもおかしくないと何度も言われていた。

だけど今、調整された心臓術式はいつも以上に安定している。普段より二割増しで体調がいい。

不覚にもいい仕事をすると思ってしまい、少し嫌になった。

「へへへ……。今日のところはこれくらいで勘弁してやりましょう……」

意味のないことを呟いて立ち上がる。すぐに虚しくなった。

階段をとんとんと降りていると、屋上に向かう足音が聞こえた。当人の姿はすぐに見えた。鬼ヶ島桃子だ。

「お、見つけた。彩夜、お前こんなとこにいたのか」

「桃子ちゃん？　どうしたの？」

　桃子は音無の数少ない友人だ。実のところ、彼女こそが音無を古森の下へと導いた立役者であった。

　学内で棗裕太と接触したあの日、音無は桃子を通じて彼のカリキュラムを入手した。それを元に彼の行動を追っているうちに大学内に残された転移魔法の痕跡を見つけ、古森鏡子の存在を察知するに至ったのだ。

「お前を探してたんだよ。なあ彩夜、次の講義なんだ？」

「英語基礎だけど」

「ちょうどよかった、サボろうぜ。宇都宮《うつのみや》餃子《ギョーザ》が食べたいんだ」

　何がちょうどよいのだ。英語基礎ならサボってもいいのか。宇都宮餃子はサボりの口実になるのか。というかそもそも、そのチョイスはなんなんだ。なんてことを思ったが、音無は口にはしなかった。まあ、なんだ。一戦交えた後である。少しくらい息抜きをしても許されるだろう。

「この辺に宇都宮餃子の店なんてあったっけ」

「お、乗り気？　今日は機嫌が良いじゃん。なんかあった？」

「うん。お友達ができました」

　冗談めかして言うと、桃子は眉を吊り上げた。問い詰めるような瞳を向ける。

「女か？」

「そうだけど？」

「おい、彩夜。お前には私がいるだろ」

「……うん？」

桃子は音無の肩を摑み、壁に押し付けた。ずいと迫る桃子の顔。音無は既視感を覚えた。

誠に遺憾ながら経験がある。これは、俗に言う、壁ドンというやつだ。

「浮気するな」

「待ってそれどういう意味？」

「分からないなら分かるまで教えてやろうか」

「ねえ待って、だからそれどういう意味⁉　私たち友達だよね⁉　ねえ⁉」

桃子は何かを致命的に勘違いしている。そう指摘したいのは山々だったが、結局できなかった。

それは古森鏡子に負けたのと同じ理由。

音無彩夜は、こういうことに慣れてないのだ。

＊

リントヴルムと決着をつけてからの数日間。俺たちは平穏な日々を享受していた。

新たな侵略者が訪れることもなく、古森からの音沙汰もない。俺は大学に行ったり、シロハはスピと一緒に街を散策したり、灰原は麵類を摂取したり、たまには灰色の男たちを集めて騒いだり。

つまりはいつもどおりの日々だった。

日常の範疇《はんちゅう》に収まるような事件を無意味に騒いで祭り上げて、狂騒だけが空回りする。俺たちが勝ち取ったものは、そんな当たり前の日々なのかもしれない。

「あの、ナツメさん。話したいことがあります」

そんな日々は、彼女の言葉で終わりを告げることになった。

ある日の夜、そろそろ寝ようかという頃合いにシロハは切り出した。パジャマ姿の彼女は布団の上に正座して、少なくとも正座をしようとして、足が痺れたのか結局はぺたんと女の子座りになった。

「どうした、改まって」

「ナツメさん。私、そろそろこの街を出ようと思います」

大変お世話になりました、と彼女は深々頭を下げる。俺はそれを見て、ぱちくりと目を瞬かせた。

街を出る。それは街から外に出ることを意味する。なるほどつまり外出か。どこか遠くまで出かけてみたいってことだな。

「良いぜ、今週末あたりに出かけようか。どこか行きたい場所あるか？」

「いえ、そういうことではなく」

「海にはまだちょっと早いからな……。観光地か山かってとこか。せっかくだし、あいつらも誘ってみるか」

「違うんです。旅行ではなくて、私はこの街を出ることにしました。もう戻ってきません」

………。そうだよな。

聞き間違いなら良かったと思ったが、そんなはずがなかった。シロハは街を出ると言った。それはつまり、街を出るということだ。

「新しい魔法少女を探しに行きたいのです。ひとまずの脅威は退けられましたが、いずれ次の侵略者が現れるでしょう。そうなる前に、少しでも魔法少女を増やす必要があります」

「それは……そうだが……。でも、もう少しくらいゆっくりしてもいいんじゃないか」

「いいえ。もう十分すぎるくらい休ませていただきました。これ以上は、ただ名残が惜しくなるだけです」

彼女は正しいことを言っている。リントヴルムが最後の侵略者だとは思えない。いずれ来る脅威に備えて戦力を増強するのは、順当な決断だ。

それは分かっている。分かっているが、何か引き止める材料がないか探してしまう自分がいた。

「この街でも魔法少女は探せるだろ。俺たちも手伝うからさ」

「ナツメさん」

「それに……。それに、古森鏡子だってあれっきりだ。ここにいれば、またあいつに会えるかもしれない」

「ナツメさん、そうではないのです」

シロハはゆっくりと首を振る。そして、まっすぐに俺を見た。

彼女は純粋な瞳をしていた。何かを決意したときの、穏やかで強い色が瞳に宿る。俺は彼女のこの顔を何度も見てきた。そして彼女が、自分の意志を貫き通す姿もたくさん見てきた。

「私は魔法少女です。世界を救うために刃を握ると決めた、魔法少女です。その宿命から目を逸らしたりはしません」

「シロハ……」

「私には私の道があり、あなたにはあなたの道がある。私たちは、それぞれの道へと進むべきです」

俺の前にいるのは、宿命を背負った少女だった。

彼女は強い。強く未来を見据えて、未知へと飛び込む勇気を持つ。こんなところで灰色に染まって、いつまでも日々に埋没する俺とは違う。

……だとしても。そんな道理を飲み込めないくらいに、俺は馬鹿だった。

「一緒にいたいんだ。それだけじゃ、ダメなのか」

「私だって……。私だって、そうですよ。でも、この場所は本当に暖かくて、優しくて、居心地が良いから。だから、これ以上ここにいてしまうと、決意が揺らいでしまいます」

「良いじゃないか、それでも。シロハはもう十分がんばったんだ。少しくらい休んだって誰も責めない」

「……ダメですよ。だって私は、世界を救う魔法少女だから」

——たとえ何があったとしても、足を止めるわけにはいきません。

それでも彼女はそう言った。

己にそうあることを課した少女は、強く、美しかった。俺はシロハを引き止めるために用意した全ての言葉を飲み込んだ。行かせてあげるべきだ。そうしなければならない。宿命を背負った少女の道を阻むことなど、俺にはできない。

「……寂しくなるな」

絞るように漏らした声は震えていた。遅れて、同じくらい震えた声で彼女が肯定する。

「元気でやれよ」

「はい」

「スピと仲良くな」

「はい」

「たまにはちゃんと飯を食えよ」

「はい」

「夜になったら寝るんだぞ」

「心配性ですね、ナツメさんは」

シロハは立ち上がり、俺の手を取った。

彼女は俺の手にそっと口づけをする。触れるか触れないかの淡く柔らかな優しい感触。たった一瞬のことだったが、俺にはそれが永遠に思えた。

「お守りです。受け取ってください」

左手の甲に銀色の魔術紋が刻まれる。盾と剣を司った厳かな魔術紋は、光をまとってきらめいた。

彼女は背を向け、小さく呟いた。

「ナツメさん。きっと私、あなたのことが好きでした」

少しだけ色が滲《にじ》む言葉。でも、それだけだった。彼女はそれ以上を言おうとはせず、俺もまたそれ以上を聞くことはできなかった。

俺は彼女を背中から抱きしめた。こんな別れの言葉で終わらせたくはない。つまらないあがきだと分かっていても、俺は、何度でも無意味を重ねる。

「帰りたくなったらいつでも帰ってこい。お前の居場所はここにある」

「……やめてくださいよ。行きづらくなるじゃないですか」

振り向いた彼女は微笑んでいた。こんなときでも彼女は強い。決して強くない俺は、顔を見ただけで泣きそうになってしまう。

「なんて顔してるんですか。もう」

「だってよ……」

「また会いましょう。そのときまでは、さよならです」

俺はもう一度彼女を抱きしめた。少しだけ体を固くした彼女は、ゆっくりと力を抜き、背伸びをして目を閉じる。

優しくて、甘くて、それからちょっとほろ苦い。永遠ではない一瞬を忘れないよう深く胸に刻みこむ。

これからの彼女が歩む道が、少しでも優しさに溢れた道でありますように。

ただ、それだけを願った。

*

翌日の朝には、シロハの姿はどこにもなかった。

彼女は荷物と呼べるものは何一つ持っていかなかった。スピだけを連れて、俺が寝ている間にいなくなってしまった。

昨日までは二人分だった部屋がやけに広く感じられる。寝ぼけた頭は感情をそのままに伝えた。こぼれそうになった涙を慌てて拭って、顔を洗った。鏡に映ったのは酷い面だった。

それでも、俺には俺の道がある。思慕に足を止めては彼女に合わせる顔がない。俺は寒々しい部屋を抜け出して、重い体を引きずるように大学へ向かった。

「それでそんな面してたのか」

そこで灰原に捕まって、俺と灰原はいつもの空き教室で溜まっていた。

大学に来たものの、結局講義はサボった。いつもならためらいなくサボっていた講義も、今だけは何故か罪悪感を覚えてしまう。それはきっと、彼女に背中を押されてしまったからだろう。

「女々しいって笑ってくれよ。こんなの、俺らしくないって」

「それは存分にやるつもりだが、今やるには酒が足りない」

そうかい。悪態を返す気力もなかった。

「んで、やっぱりシロハちゃんは行っちまったのか……。ナツメでも引き止められなかったんだな」

「知ってたのか？」

「この前聞いた。他の奴らにも話してたよ。決意が鈍るからお前には最後に話すって言ってたぜ」

彼女はいつからこれを決めていたのだろう。あの打ち上げの夜だろうか。それとも、もっと前からかもしれない。

偶然に交差した俺とシロハの道は、当然のように分かたれた。そしてこれからは交わらないままに進んでいく。俺はまた彼女に会えるのだろうか。またすぐに会えるかもしれないし、もう二度と会えないかもしれない。これからのことなんて、誰にも分からない。

「それで、ナツメはこれからどうするんだ」

「どうするって？」

「あー、いや。別に具体的な何かがあるってわけじゃないんだけど。いつもどおりに灰色の男たちで馬鹿をやるとか、しばらくゆっくりするとか。なんなら真面目に勉強したっていい。とにかく、何かやったほうが良いと思うんだよ」

灰原はタバコに火を付ける。ふわっとした煙が教室に広がるのを見送って、俺は少し考えた。

「なあ、灰原。目的もなく、情熱もなく、ただ過ぎ去っていく日々に流されるのが俺たちの灰色だったな」

「そうだな。刹那的に今を楽しむ生き物だ」

「だったら、俺の灰色はそろそろ終わりかもしれない」

今の俺には、やりたいことがある。

明確な目的を自覚した。進むべき道を見定めた。彼女がそうと決めたように、俺もまた自分の未来を目指すことにした。

この時この瞬間、俺の中の灰色に火が灯った。胸の中に宿った小さな火は、灰色を焼いてきらびやかに輝いた。

「灰原。俺にはやりたいことがある」

「聞かせろよ」

灰原は机に寝そべってスマホをいじる。俺は窓の外を見た。柄にもなく真面目なせいか、顔を合わせるのが恥ずかしかった。

「シロハ・ホワイトは魔法少女だ。世界を救うその日まで、あいつは刃を握り続ける。でもよ、シロハは魔法少女である以前に、一人の人間なんだ。痛みも辛さも感じる人間だ。涙を決意で覆い隠して戦う、ただの女の子なんだよ」

シロハと共に過ごした日々を振り返る。頭に浮かぶのは過ぎ去っていった日々のきらめき。それを大事に胸に秘めると、胸に宿った火が少しだけ大きくなる。

「だから俺は、決めたんだ。あいつがもう戦わなくてもいいような、そんな未来を掴み取るために」

俺は、シロハと一緒にいたい。シロハと一緒にいろんな景色を見て、些細な出来事に一喜一憂して、時々喧嘩もしたりして、楽しいことも辛いことも、これから先の全てをシロハと共に分かちあいたい。

でも、そんな未来を夢見るにはまだほど遠い。それが俺の灰色だ。だから。

たとえこの先何があろうとも、この灰色だけは焼き尽くすと決めた。

「惚《ほ》れた女のため、か。オーケイ、よく言った。なあお前ら、そういうことだそうだぜ」

教室の扉が開く。ぞろぞろと入ってきたのは、俺と灰原を除く十六人の男たち。彼らは無言のまま教室に入り、それぞれの席に座った。

顔をあげた灰原がニヤニヤと笑ってスマホを揺らす。お前の仕込みかよ。

「ナツメ。お前俺らになんか言うことあるんじゃねえの？」

「ああ？　なんかってなんだよ」

「分かってんだろ。とっとと言えよ。こいつらそれ聞くために集まったんだから」

ったく、しゃーねえなあ。わーったよ。

教卓に立つと、灰色の男たちは一斉に俺を見た。どいつもこいつもバカ面だ。こいつらの顔を見ていると、なんだか不思議と勇気が湧いてくる。

期待に応えるとしよう。それが、灰色の男ってもんだ。

「そういうわけだ。俺にはやりたいことができた。だが、立ちはだかる敵はあまりにも強大だ。だからお前らの助けが欲しい。もちろん強制じゃない。各々の事情を優先してもらって構わない。だが――」

灰色の男たちは露骨にため息をついた。くだらねえこと言うなよって意味だ。ああ、もう、こいつらってやつは。どいつもこいつも馬鹿ばっかりだ。

分かった、もう余計なことは言わない。少し間を置いて、俺は腹をくくった。

「諸君。——共に、世界を救おうぜ」

喝采が上がった。

これはまさしく宣誓だ。俺たちの未来を決定づけた、大きな決断だ。夢と希望を失って久しい俺たちが摑み取った、輝かしいバラ色への第一歩だ。

この日、俺たちの灰色の日々は、音を立てて砕け散ったのだ。

佐藤悪糖（さとう・あくとう）

愛知県生まれ。2018年、第1回「HJネット小説大賞」受賞作『Myrla〈ミルラ〉～VRMMOでやりたいほうだい～』（HJノベルス）でデビュー。

レジェンドノベルス エクステンド EXTEND

俺《おれ》たち青春《せいしゅん》浪費中《ろうひちゅう》、
魔法《まほう》少女《しょうじょ》と世界《せかい》を救《すく》う。

2020年10月5日　第1刷発行

［著者］佐藤悪糖《さとうあくとう》
［装画］紙魚丸《しみまる》
［装幀］ムシカゴグラフィクス

［発行者］渡瀬昌彦
［発行所］株式会社 講談社
〒112-8001 東京都文京区音羽2-12-21
電話　［出版］03-5395-3433
　　　［販売］03-5395-5817
　　　［業務］03-5395-3615

［本文データ制作］講談社デジタル製作
［印刷所］凸版印刷 株式会社
［製本所］株式会社 若林製本工場

N.D.C.913 286p 20cm ISBN 978-4-06-521516-6

レジェンドノベルス
エクステンド
LEGEND NOVELS
EXTEND